DES YEUX DE SOIE

Née en 1935 à Cajarc (Lot), Françoise Sagan fait ses études à Paris où résident ses parents. Son premier roman, Bonjour tristesse, *obtient le Prix des critiques (1954) et connaît auprès du grand public une fortune exceptionnelle.*

Son succès se maintient avec les romans suivants : Un Certain sourire *(1956),* Dans un mois, dans un an *(1957),* Aimez-vous Brahms.. *(1959),* Les Merveilleux Nuages *(1961),* La Chamade *(1965),* Le Garde du cœur *(1968).*

Après un livret de ballet, Le Rendez-vous manqué *(1957), elle se tourne vers le théâtre :* Château en Suède *(1960),* Les Violons parfois *(1961),* La Robe mauve de Valentine *(1963),* Bonheur, impair et passe *(1964),* Le Cheval évanoui *(1966).*

Il est des moments dans la vie où un rien suffit à faire basculer le destin, où pour moins que rien, un regard, un mot, un paysage, l'homme tranquille se dégoûte soudain de sa tranquillité, la femme fatale rencontre la fatalité, celui qui va tuer se détourne de sa vengeance, celle qui était décidée à quitter son amant l'épouse.

Il y a, dans ces dix-neuf récits de Françoise Sagan, une douceur amère qui prend au cœur. Douceur d'autant plus angoissante que les personnages mis en cause sont presque tous des gens comblés. Non pas de ces hommes et de ces femmes qui se prêtent à une pitié facile, mais de ceux qu'on envie pour leur apparent bonheur.

D'un doigt léger, sans avoir l'air d'y toucher, Françoise Sagan gratte cette apparence, cette croûte, l'arrache, et voici devant nous, fragiles, inquiets, des gens comme tout le monde, et si seuls. Car c'est la solitude qui relie entre eux ces récits, pèse sur chacun d'eux. Une solitude que parfois, d'une pirouette, l'auteur attrape pour l'épingler au mur et nous la donner à contempler, dans un sourire. Et ce sourire, c'est la détente, la note de charme, une façon de laisser entendre que la vie et les hommes, au fond, ce n'est pas si sérieux... Des yeux de soie qui caressent et rassurent, mais quel désespoir cachent-ils ?

ŒUVRES DE FRANÇOISE SAGAN

Dans Le Livre de Poche :

BONJOUR TRISTESSE.
UN CERTAIN SOURIRE.
CHATEAU EN SUÈDE.
DANS UN MOIS, DANS UN AN.
LES MERVEILLEUX NUAGES.
LES VIOLONS PARFOIS.
LA ROBE MAUVE DE VALENTINE.
AIMEZ-VOUS BRAHMS..
LE CHEVAL ÉVANOUI *suivi de* L'ÉCHARDE.

LE GARDE DU CŒUR.
RÉPONSES.

FRANÇOISE SAGAN

Des yeux de soie

NOUVELLES

FLAMMARION

à J. H.

DES YEUX DE SOIE

JÉRÔME BERTHIER conduisait trop vite sa voiture, et sa femme, la belle Monika, avait besoin de toute sa nonchalance pour ignorer ses imprudences. Pourtant ils partaient en weekend chasser l'isard, ce qui était pour lui une véritable partie de plaisir; car il aimait la chasse et sa femme et la campagne et même les amis qu'ils allaient chercher : Stanislas Brem et sa compagne (celle-ci changeant pratiquement tous les quinze jours depuis le divorce de Stanislas).

« J'espère qu'ils sont à l'heure, dit Jérôme. Quelle fille crois-tu qu'il va nous amener cette fois-ci ? »

Monika sourit d'un air fatigué.

« Comment veux-tu que je le sache ? J'espère que ce sera une sportive, votre chasse est dure, non ? »

Il hocha la tête.

« Très dure. Je me demande ce qu'il a quand même, Stanislas, à faire le bellâtre à son âge, enfin, à notre âge... En attendant, s'il n'est pas prêt, nous allons louper l'avion.

— Tu ne loupes jamais rien », dit-elle et elle se mit à rire.

Jérôme Berthier jeta un coup d'œil oblique vers sa femme, se demandant une fois de plus ce qu'elle voulait dire par là. Il était un homme viril, fidèle et tranquille. Il se savait assez séduisant et, depuis treize ans qu'ils étaient mariés, il assurait à cette femme — la seule qu'il eût jamais aimée — une vie des plus agréables et des plus rassurantes. Parfois, cependant, il se demandait ce qu'il y avait derrière la tranquillité, les yeux sombres et calmes de sa belle épouse.

« Que veux-tu dire ? demanda-t-il.

— Je veux dire que tu ne loupes rien : ni tes affaires, ni ta vie, ni tes avions. Je pense même que tu ne louperas pas cet isard.

— Je l'espère bien, enchaîna-t-il. Je ne vais pas à la chasse pour tirer en l'air et, crois-moi, c'est l'animal le plus dur à traquer. »

Ils arrivaient devant un immeuble du boulevard Raspail et Jérôme klaxonna trois fois jusqu'à ce qu'une fenêtre s'ouvre et qu'un homme apparaisse en faisant de grands signes de bienvenue. Jérôme sortit la tête de la portière et hurla :

« Descends, mon vieux. On va louper l'avion. »

8

La fenêtre se referma et, deux minutes après, Stanislas Brem et sa compagne sortaient du porche.

Stanislas Brem était aussi long, flexible et inquiet d'allure que Jérôme était sûr, solide et décidé. La jeune femme était blonde, ravissante, l'air susceptible, une de ces femmes dites de week-end. Ils s'engouffrèrent par la portière arrière de la voiture et Stanislas fit les présentations.

« Monika, ma chère, je vous présente Betty. Betty, voici Monika et son époux, le fameux architecte Berthier. A partir de maintenant, tu es sous son autorité, c'est lui qui mène la barque. »

Ils se mirent tous à rire distraitement et Monika serra avec gentillesse la main de cette Betty. La voiture repartit en direction de Roissy. Stanislas se pencha en avant et demanda d'une voix un peu aiguë :

« Etes-vous contents de partir, tous les deux ? »

Sans attendre la réponse, il se retourna vers sa compagne et lui sourit. Il était extrêmement séduisant dans le genre gai, un peu dégénéré, un peu play-boy, un peu loup. Et, comme fascinée, Betty lui sourit en retour.

« Figure-toi, reprit-il à tue-tête, je connais cet homme depuis vingt ans. Nous étions à l'école ensemble. Jérôme avait toujours les premiers prix et, quand on se battait en ré-création, il avait le meilleur coup de poing, et souvent pour me défendre car j'étais déjà odieux. »

Et, lui désignant Monika :

« Je la connais depuis treize ans. C'est un couple heureux, ma chère, regarde bien. »

A l'avant, ni Jérôme ni Monika ne sem-blaient l'écouter. Un léger sourire, presque complice, leur plissait les lèvres.

« Et quand j'ai divorcé, reprit Stanislas, c'est eux qui m'ont consolé car j'étais fort triste. »

La voiture allait très vite, à présent, sur l'autoroute du Nord, et la jeune Betty dut hurler pratiquement sa question :

« Pourquoi triste ? Ta femme ne t'aimait plus ?

— Non ! hurla Stanislas en retour, c'est moi qui ne l'aimais plus, et crois-moi, pour un gentleman, c'est épouvantable. »

Il éclata de rire et se rejeta sur le dossier de la voiture.

Après, il y eut Roissy, l'enfer de Roissy, et ils admirèrent l'efficacité de Jérôme qui présentait les billets, faisait enregistrer les bagages, s'oc-cupait de tout. Les trois autres le regardaient, les deux femmes naturellement habituées à ce qu'un homme s'occupât d'elles et Stanislas semblant mettre un point d'honneur à ne pas bouger. Puis il y eut ces couloirs, ces tapis roulants où ils défilèrent sous cellophane, deux par deux, immobiles, comme glacés, image préfabriquée des couples aisés de notre temps. Puis il y eut l'avion, ils étaient en première, les uns derrière les autres, et par le hublot Monika regardait défiler les nuages sans même parcourir la revue qu'on lui avait confiée. Jérôme se leva et tout à coup, près d'elle, il y eut le profil de Stanislas qui lui montrait apparemment quelque chose de la main à travers le hublot, mais dont la voix disait :

« Je te veux, tu sais, débrouille-toi, je ne sais pas quand, mais je te veux ce week-end. »

Elle battit des paupières mais ne répondit pas.

« Dis-moi que tu veux aussi », reprit-il toujours en souriant.

Elle se retourna vers lui, le regarda gravement, mais, avant qu'elle eût pu dire quoi que ce soit, le haut-parleur de l'avion annonça : « Nous descendons sur Munich, regagnez vos places, attachez vos ceintures et arrêtez de fumer, s'il vous plaît. » Ils se dévisagèrent un instant, à la fois comme des ennemis ou des amants, il sourit pour de bon, cette fois-ci, et regagna sa place. Jérôme retournait s'asseoir près d'elle.

Il pleuvait des seaux. Ils se rendaient au

chalet de chasse dans une voiture de location. Bien entendu, c'était Jérôme qui conduisait. Avant de monter dans la voiture, Monika eut un geste charmant, elle demanda à la nommée Betty si elle avait mal au cœur facilement. Betty, que l'on sentait assoiffée de civilité et de respectabilité, hocha la tête et se retrouva donc sur le siège avant, à côté de Jérôme.

Jérôme était de très bonne humeur. Il y avait des feuilles mortes, de la pluie, un début de brouillard et il devait se concentrer sur la route, mais le jeu des phares, des essuie-glaces, le bruit du moteur interposaient entre lui et les autres une sorte de mur pas si désagréable. Comme d'habitude, il se sentait le responsable, le pilote de cette petite cabine spatiale qui les menait à la hutte de chasse. Il conduisait, il accélérait, il freinait, il dirigeait quatre existences, dont la sienne, avec un sentiment d'habitude et de sécurité complète. Les virages étaient très durs et il faisait déjà nuit noire. La route était encaissée, cernée de mélèzes et de sapins, de torrents. Jérôme respirait par la fenêtre toutes les odeurs classiques de l'automne. A cause des virages sans doute, ni Stanislas ni Monika ne parlaient plus. Il tourna la tête un instant vers eux :

« Vous ne dormez pas ? Betty ronfle presque. »

Stanislas se mit à rire.

« Mais non, on ne dort pas; on regarde, on regarde le noir.

— Vous voulez un peu de musique ? »

Il alluma la radio et, tout aussitôt, la voix extravagante de la Caballe envahit la voiture. Elle chantait le grand air de la Tosca et, à sa grande surprise, Jérôme sentit les larmes lui monter aux yeux, à tel point qu'il remit machinalement l'essuie-glaces avant de se rendre compte que ce n'était pas l'automne qui lui troublait la vue. Tout à coup, il se disait : « J'aime ce temps, j'aime ce pays, j'aime cette route, j'aime cette voiture et, surtout, j'aime cette femme brune derrière moi, cette femme qui est la mienne et qui écoute avec autant de plaisir que moi la voix de cette autre femme qui chante. »

Jérôme s'épanchait peu, parlait peu, encore moins aux autres qu'à lui-même. Les gens disaient de lui qu'il était un homme simple, presque brutal, mais soudain, là, il eut tout à coup envie d'arrêter la voiture, de descendre, d'ouvrir la portière arrière, de prendre sa femme dans ses bras et, malgré le ridicule de la chose, de lui dire qu'il l'aimait. La voix de la chanteuse montait, l'orchestre arrivait derrière, comme fasciné, drainé par cette voix, et Jérôme, machinalement, presque éperdu — mot qui ne lui convenait guère — redressa le rétroviseur et jeta un coup d'œil vers sa femme. Il pensait la voir comme il la voyait souvent dans les concerts, immobile, figée, les yeux élargis, mais il abaissa trop brutalement la petite glace du rétroviseur et ce qu'il vit, ce fut la main longue et maigre de Stanislas appuyée, paume à paume, à celle de Monika. Il releva aussitôt la glace et la musique devint une suite incompréhensible et incohérente de sons horribles, hurlés par une folle furieuse. Un instant, il ne distingua plus très bien la route, ni les sapins ni le virage à venir. Mais, tout aussitôt, en lui l'homme d'action, le responsable rectifia l'inclinaison du volant, freina un peu et décida tout aussi tranquillement qu'il voulait que cet homme, derrière, cet homme blond et bleu tapi dans le noir avec sa femme, qu'il voulait, bref, que cet homme-là meure dès le lendemain et de sa propre main. Néanmoins, l'homme en question avait remarqué son crochet et aussitôt Jérôme eut près du sien le visage maintenant détesté, haï de son ami d'enfance.

« Eh bien, dit Stanislas, tu rêves ?

— Non, répondit-il, j'écoutais la Tosca.

— La Tosca, reprit gaiement Stanislas, où en sont-ils ?

— Ils en sont à l'instant où Scarpia décide de tuer Mario par jalousie.

— Il a bien raison, dit Stanislas en riant, il n'a que ça à faire. »

Il se rejeta en arrière près de Monika et, aussitôt, Jérôme sentit en lui une énorme détente. Le chœur fou furieux des voix à la radio s'apaisa et il se mit à sourire.

Il n'y avait effectivement que ça à faire.

C'était un grand chalet de chasse, fait en bois de bouleau avec des poutres, des peaux de bêtes par terre, des cheminées et, au mur, les quelques plus belles têtes empaillées de leurs victimes. Bel endroit en vérité ! Il le trouvait grotesque tout à coup. Il avait réveillé Betty, descendu les bagages, allumé les feux et demandé au garde de leur préparer le repas. Ils avaient dîné très gaiement en écoutant — caprice de Stanislas — des chansons américaines sur le vieil électrophone. A présent, ils étaient dans leur chambre, lui et Monika. Elle se déshabillait dans la salle de bain et il achevait une bouteille de Wilhelmine, assis au pied du lit.

Il y avait en lui quelque chose de parfaitement immobile, de parfaitement douloureux et de parfaitement irrémédiable. Il savait qu'il ne pourrait pas lui demander : « Est-ce que ça existe ? Qui ? Depuis quand ? Pourquoi ? Comment cela va-t-il finir ? » En fait, il y avait bien longtemps qu'il ne parlait plus à sa femme. Il la promenait avec lui partout, il la nourrissait, il lui faisait l'amour mais ne lui parlait plus. Et il lui sembla confusément que ces questions-là, aussi motivées soient-elles, n'auraient été que le signe d'une indiscrétion inopportune, démodée, presque vulgaire.

Il buvait avec application, sans raison spéciale, sans désespoir non plus. Il buvait pour se calmer. Ce n'était pas un homme à somnifères, ni à amphétamines. Mais un homme à rien, « un homme simple », pensa-t-il avec amertume et une sorte de dérision et de mépris à son égard.

Monika rentra dans la chambre, les cheveux toujours aussi noirs, les pommettes toujours aussi hautes et les yeux toujours aussi tranquilles. Elle lui posa la main sur la tête au passage, de ce geste habituel qui était à la fois signe de sujétion et de pouvoir, et il n'eut aucun mouvement de recul.

« Tu as l'air fatigué, dit-elle, tu devrais te coucher tout de suite. Vous partez tôt à la chasse, demain. »

C'était drôle, en effet, à y penser. Elle ne chassait jamais, elle n'avait jamais voulu partir avec eux. Elle prétendait qu'un coup de feu lui faisait peur, que les chiens excités la dérangeaient, bref, elle n'aimait pas chasser. Il ne s'était jamais demandé pourquoi, au fond, Monika ne voulait pas les suivre, car enfin, elle ne craignait ni la fatigue ni la

16

marche et elle n'avait jamais eu peur de rien.

« C'est drôle, dit-il, et sa voix lui parut pâteuse tout à coup, c'est drôle que tu ne chasses pas. »

Elle se mit à rire.

« Après dix ans, tu t'étonnes ?

— Il n'est jamais trop tard », dit-il bêtement et, à sa propre stupeur, il se mit brusquement à rougir.

« Mais si, dit-elle en s'allongeant et en bâillant, mais si, il est trop tard. Vois-tu, j'aime bien les animaux sauvages, je les trouve plus convenables que les autres.

— Convenables ? » dit-il.

Elle sourit et éteignit la lampe de son côté.

« Oh ! dit-elle, ça ne veut rien dire. Pourquoi ne te couches-tu pas ? »

Il acquiesça, enleva son chandail et ses chaussures et brusquement se laissa tomber en travers du lit.

« Quel paresseux ! » dit-elle, et, se penchant par-dessus lui, elle éteignit sa lampe de chevet.

Il écoutait, il entendait le silence. Elle respirait tranquillement, elle allait dormir.

« Tu n'as pas trouvé, demanda-t-il, et sa propre voix lui parut aussi incertaine et angoissée que celle d'un enfant, tu n'as pas trouvé qu'elle chante vraiment bien, Caballe, cet air de la Tosca ?

— Mais si, dit-elle, admirablement bien, pourquoi ? »

Il y eut un léger silence, puis elle se mit à rire, de son rire habituel, un peu bas, léger, naturel.

« L'Opéra te rend romantique, ou l'automne, ou les deux. »

Et il se pencha et, à tâtons, chercha sur le plancher la bouteille de Wilhelmine. L'alcool était froid et chaud et sans aucune odeur. « Je pourrais me retourner vers elle, pensa-t-il, la prendre dans mes bras, lui faire faire tout ce que je veux. » Et quelqu'un en lui, quelqu'un de puéril, de faible et d'affamé tendit la main vers elle. Il toucha son épaule et, d'un mouvement parfaitement naturel, elle bougea la tête et mit sa bouche sur sa main.

« Dors, dit-elle, il est tard. Je suis claquée et toi, tu seras claqué demain. Dors, Jérôme. »

Alors, il retira sa main, se retourna de l'autre côté et l'enfant affolé disparut et fit place à un homme de quarante ans qui, dans le noir, glacé et gavé de Wilhelmine, réfléchissait méticuleusement, soigneusement, à la manière dont il pourrait à travers un téléobjectif, un point de mire, une gâchette, du feu, du fer et du bruit, éliminer de la vie, et surtout de la

18

vie de cette étrangère à ses côtés, un inconnu blond et nocif nommé Stanislas.

Il était dix heures du matin. Il faisait beau, affreusement beau. Il y avait déjà trois heures qu'ils battaient les bois. Le garde-chasse avait repéré un isard superbe et Jérôme l'avait déjà eu deux fois dans le champ de ses jumelles, mais à présent son gibier était tout autre. Son gibier avait les cheveux blonds, un costume de daim et de cuir fauve, son gibier était drôlement difficile à tuer. Il l'avait déjà loupé deux fois. La première fois, l'autre s'était jeté d'un bond derrière un taillis, ayant cru voir l'isard. La seconde fois, la tête blonde de Betty était venue s'interposer entre le petit point noir et miroitant de son fusil et sa proie. Et maintenant, là, il l'avait bien en face. Stanislas Brem était debout, au centre d'une clairière. Il avait mis son fusil entre ses pieds, il s'appuyait sur une jambe, il regardait le ciel bleu, les arbres roux avec une sorte de bonheur insupportable, et le doigt de Jérôme commença à peser sur la détente. Ce profil allait exploser, ces cheveux blonds et trop fins et dégénérés ne reposeraient plus jamais dans la main de Monika, cette peau d'enfant perverti recevrait l'impact de cinquante chevrotines. Et tout à coup, Stanislas, d'un geste inattendu, un geste de solitaire, leva les bras vers le ciel; il s'étira, laissant glisser son fusil par terre, dans une attitude de bonheur, d'abandon abominable.

Comme giflé, Jérôme tira. Stanislas sursauta, regarda autour de lui, apparemment plus stupéfait qu'effrayé. Jérôme baissa la main, constata sans aucune fierté qu'elle ne tremblait pas, mais constata aussi avec fureur qu'il n'avait pas pensé à changer la hausse. Il tirait à deux cents mètres avec la hausse classique du gibier à plume, c'est-à-dire cinquante mètres. Il rectifia, re-épaula et la voix du garde-chasse le dérangea plus qu'elle ne lui fit peur.

« Vous avez vu quelque chose, monsieur Berthier ?

— J'ai cru voir une perdrix, dit Jérôme en se retournant.

— Il ne faut pas tirer, dit le garde-chasse. Si vous voulez l'isard, il ne faut pas faire de bruit. Je sais où il va, je sais où on peut le piéger, il ne faut pas l'effrayer.

— Je vous demande pardon, dit Jérôme bêtement. Je ne tirerai plus pour rien. »

Et il ouvrit son fusil et suivit le vieil homme.

Curieusement, il était partagé entre l'amusement et la colère. Il savait pertinemment qu'il tuerait Stanislas avant la fin de la journée, mais il finissait par trouver plaisant de devoir s'y prendre à plusieurs fois.

Deux heures plus tard, il était perdu. Ils étaient tous perdus, d'ailleurs, l'isard était trop malin, la chasse trop vaste, les rabatteurs trop peu nombreux. Et, à force de suivre un autre gibier que le gibier officiel, il finit par tomber bêtement et tout seul devant ce dernier, loin bien sûr, très loin de lui. L'isard était debout sur un rocher, à contre-soleil, absolument immobile. Instinctivement, Jérôme attrapa ses jumelles. Il tremblait à présent, il était fatigué, essoufflé, il devenait vieux, il avait quarante ans et il aimait une femme qui ne l'aimait plus. Cette idée le laissa un instant presque aveugle, puis il ajusta ses jumelles et il vit l'isard de très près, comme à le toucher. Il était beige et jeune, il avait les yeux inquiets mais orgueilleux, il regardait tantôt vers la vallée d'où venaient ses ennemis, tantôt vers la montagne, et il semblait s'amuser de cette mise à mort. Il y avait quelque chose en lui de craintif, de fragile et d'invulnérable. Il semblait être là pour prouver le charme de l'innocence, de l'agilité et de la fuite. Il était beau. Il était plus beau qu'aucune des bêtes que Jérôme eût jamais chassées.

« Plus tard, se dit Jérôme, plus tard, je tuerai ce type. (Il n'arrivait même plus à se rappeler son nom.) Mais toi, toi, mon bel ami, je te veux. »

Et il commença à grimper le sentier horriblement escarpé qui le menait vers lui.

La chasse, en bas, s'égarait. On entendait des chiens à gauche, des chiens à droite, des coups de sifflet de plus en plus lointains, et Jérôme avait l'impression de quitter un monde ennuyeux et sordide pour revenir chez lui.

Malgré le soleil, il faisait très froid. Quand il reprit ses jumelles, l'isard était toujours là, il lui sembla qu'il le regardait, puis, à petits pas, il s'enfonça dans une futaie. Jérôme arriva à la futaie une demi-heure plus tard. Il suivit les traces jusqu'à un défilé et, là, l'isard de nouveau l'attendait. Il n'y avait plus qu'eux dans cette chasse. Le cœur de Jérôme tapait affreusement et il avait presque envie de vomir. Il s'assit par terre et repartit. Puis il s'arrêta pour manger quelque chose, du pain et du jambon de sa gibecière, et l'isard l'attendit, du moins le crut-il. Puis il fut quatre heures de l'après-midi et il avait dépassé les limites de la chasse et pratiquement la limite de ses forces et toujours l'isard était devant lui, fuyant et tendre, mais toujours discernable dans sa beauté à travers les prismes de ses jumelles. Intirable, bien sûr, et inattrapable et toujours là.

Jérôme était à présent si fatigué depuis huit heures qu'il pourchassait ou qu'il suivait, il ne savait plus, cet animal bizarre, qu'il finissait par parler à voix haute. Il avait baptisé cet isard « Monika », et en marchant, en trébuchant et en jurant de la façon la plus grossière, il disait parfois : « Nom de Dieu, Monika, ne va pas si vite ! » Un moment, il hésita devant une mare, puis s'y engagea tranquillement, son fusil brandi au-dessus de la tête, de l'eau jusqu'à la taille, chose qu'il savait pourtant dangereuse et stupide par ce temps-là, pour un chasseur. Et, quand il se sentit glisser, tout d'abord il ne résista pas. Il partit à la renverse, à la dérive, de l'eau plein le cou, la bouche, le nez, il suffoqua à moitié. Une sorte de plaisir délicieux l'envahit, un plaisir d'abandon très loin de sa nature. « Je suis en train de me suicider », pensa-t-il, et l'homme tranquille en lui reparut, le rééquilibra, le fit sortir trempé et hagard et grelottant de cette malheureuse mare. Cela lui rappelait quelque chose, mais quoi ? Il se mit à parler à voix haute :

« Il m'a semblé en écoutant Caballe que j'allais me noyer, que je me noyais. C'est comme la fois, tu te rappelles, la première fois que je t'ai dit que je t'aimais ? On était chez toi et tu t'es avancée vers moi et, tu te rappelles, c'était la première fois qu'on a fait l'amour ensemble. J'avais si peur de coucher avec toi et si envie, que j'avais l'impression que j'allais me suicider. »

Il attrapa la gourde d'alcool dans sa gibecière, bourrée à présent de cartouches trempées et inutiles, et but au goulot, longuement. Puis il reprit ses jumelles et, toujours un peu plus loin, il y avait l'isard — Monika — l'amour (il ne savait plus son nom) qui l'attendait. Il lui restait encore, Dieu merci, deux bonnes balles bien sèches dans le canon de son fusil.

Vers cinq heures, le soleil était oblique, comme parfois, d'ailleurs, en Bavière à l'automne. Jérôme claquait des dents quand il s'engagea dans la dernière combe. Il tomba de fatigue et s'allongea au soleil. Monika vint s'asseoir près de lui et il reprit son discours :

« Et tu te rappelles, une fois, une fois on s'était disputés et tu voulais me quitter. Dix jours, je crois, avant qu'on ne se marie; et j'étais allongé sur l'herbe, chez tes parents, et il faisait très mauvais et j'étais triste. J'avais fermé les yeux, je me rappelle très bien, maintenant, et tout à coup j'ai senti la chaleur du soleil qui tombait sur mes paupières et c'était vraiment un coup de chance parce qu'il avait fait très mauvais jusque-là, et, quand j'ai rouvert les yeux à cause du soleil, tu étais déjà

24

assise, enfin à genoux à côté de moi, et tu me regardais et tu souriais. »

« Eh oui, dit-elle, je me souviens très bien. Tu avais été odieux, j'étais vraiment en colère. Après, je te cherchais et, quand je t'ai vu, allongé sur la pelouse en train de bouder, ça m'a donné envie de rire et de t'embrasser. »

Là-dessus, elle disparut et, se frottant les yeux, Jérôme se releva. La combe se terminait par une sorte de rocher extrêmement escarpé, presque vertical, devant lequel l'isard se tenait immobile. Jérôme avait sa bête. Il ne l'avait pas volée. Il n'avait jamais de sa vie couru près de dix heures après un gibier quelconque. Il s'arrêta à l'entrée de la combe, épuisé, et referma son fusil. Il éleva un peu la main droite et attendit. L'isard le regardait, à vingt mètres à présent. Il était toujours aussi beau, un peu trempé de sueur, et ses yeux bleu-jaune, ses yeux de soie, comment savoir dans ce soleil, étaient tout à fait fixes.

Jérôme épaula son fusil et l'isard alors fit une chose stupide et maladroite : il se détourna et essaya, pour la dixième fois sans doute, d'escalader le ravin et, pour la dixième fois sans doute, il glissa, dérapa de façon ridicule, malgré sa grâce, et se retrouva immobile, tremblant et toujours implacable, devant le fusil de Jérôme.

Jérôme ne sut jamais pourquoi, quand ni comment il décida de ne pas tuer cet isard. Peut-être fut-ce à cause de cet effort désespéré et maladroit, peut-être cette beauté simple, peut-être cet orgueil et cette animalité paisible dans les yeux obliques. D'ailleurs, Jérôme ne chercha jamais à savoir pourquoi.

Il fit demi-tour et repartit par le même chemin inconnu, il repartit vers le rendez-vous de chasse. En arrivant, il trouva tout le monde affolé, on l'avait cherché partout, et le jeune garde-chasse aussi, qui lui, il le sentait, savait. Néanmoins, quand ils lui demandèrent ensemble où était l'isard et où il l'avait abandonné — car enfin, il était arrivé pratiquement aveugle, ankylosé et malade de fatigue jusqu'à la porte où il s'était effondré — il ne sut que répondre.

Stanislas lui donna du cognac et sa femme, assise sur le lit, près de lui, lui tenait la main. Elle était pâle. Il lui demanda pourquoi et elle répondit qu'elle avait eu peur pour lui. A sa propre surprise, il la crut tout de suite.

« Tu as eu peur que je meure, dit-il, que je tombe d'un rocher ? »

Elle hocha la tête sans répondre et, tout à coup, elle se pencha sur lui, mit la tête sur son épaule. Pour la première fois de sa vie, elle avait un geste envers lui en public. Stanislas, qui ramenait un autre verre de cognac, regarda, comme foudroyé : les cheveux noirs de cette femme sur l'épaule de cet homme vanné, et les très légers sanglots de cette femme, des sanglots de soulagement, et, soudainement, Stanislas jeta le verre de cognac dans la cheminée.

« Dis-moi, dit-il, et sa voix était devenue aiguë, alors, l'isard ? Tu n'as même pas pu ramener ta proie sur ton dos, toi, l'homme de fer ? »

Et alors, à son grand étonnement, devant le feu flamboyant, et Betty stupéfaite, Jérôme Berthier s'entendit répondre :

« Ce n'est pas ça. Je n'ai pas osé le tirer. »

Monika releva la tête un instant et ils se regardèrent. Elle leva la main lentement et dessina son visage avec ses doigts.

« Tu sais, dit-elle (à ce moment-là ils étaient seuls au monde), tu sais, même si tu l'avais tué... »

Et, pratiquement, les autres disparurent, et il la ramena contre lui, et le feu dans la cheminée prit des proportions extravagantes.

LE GIGOLO

Il marchait dans les sentiers pleins d'eau et de feuilles mortes à côté d'elle, lui tendant la main parfois pour lui faire éviter une flaque. Il souriait alors, d'un sourire sans réticences. Elle pensait que, pour n'importe quel jeune homme, cette promenade dans les bois de Meudon eût été une corvée, surtout avec une femme de son âge. Non pas une vieille femme, mais une femme lasse qui se promenait dans les bois sans plaisir réel, simplement parce qu'elle préférait ça au cinéma ou aux bars trop bruyants.

Sans doute, pour lui, il y avait eu, avant, le trajet en voiture, dans cette voiture luxueuse, rapide, qu'il prenait un plaisir enfantin à conduire; mais cela compensait-il cette interminable marche silencieuse dans ces allées dévastées par l'automne ? « Il s'ennuie, il doit s'ennuyer à mourir. » Elle éprouvait à cette pensée une délectation étrange, elle s'engageait dans une autre allée, opposée à la direction du retour, avec une sorte de crainte mêlée d'espoir.

L'espoir qu'il allait s'insurger soudain contre cet ennui, se mettre en colère, être blessant, dire des choses atroces qui justifieraient enfin ces vingt ans qu'elle avait de plus que lui.

Mais il souriait toujours. Elle ne l'avait jamais vu nerveux ni désagréable, ni avec ce petit sourire condescendant, ironique, des très jeunes hommes qui se savent désirés. Ce petit sourire qui signifiait si clairement : « Puisque cela vous fait plaisir... Remarquez que je suis absolument libre : ne m'irritez pas. » Ce petit sourire cruel de la jeunesse qui la rendait figée, dure et blessante, qui l'avait fait rompre tant de fois. Avec Michel, le premier chez qui elle l'eût surpris, puis les autres...

Il disait « attention », prenait son bras, l'empêchait de déchirer ses bas ou sa robe, cette robe si bien coupée, si élégante, à un buisson de ronces. S'il avait un jour ce petit sourire-là, pourrait-elle encore le renvoyer de la même manière ? Elle ne s'en sentait pas le courage. Non qu'elle l'estimât plus que les autres : elle l'entretenait complètement, l'habillait, lui offrait des bijoux sans qu'il les lui refusât. Il n'avait pas ces manœuvres stupides et grossières des autres, cette mauvaise humeur butée quand ils avaient envie de quelque chose ou qu'ils s'estimaient lésés sur le marché conclu de leur corps contre son argent — c'était plutôt cela en fait : ils s'estimaient lésés. Ils se faisaient acheter n'importe quoi de luxueux, de cher, qu'ils ne désiraient même pas, uniquement pour retrouver leur propre estime. Ce mot d'estime la fit rire intérieurement. C'était pourtant le seul.

Le charme de Nicolas (et ce nom ridicule en plus !) était peut-être qu'il avait envie de ces cadeaux; non qu'il les réclamât d'ailleurs, mais il prenait à les recevoir un plaisir si évident qu'elle avait alors l'impression d'être, non pas une vieille maîtresse achetant une chair fraîche et secrètement méprisée, mais une femme normale récompensant un enfant. Elle repoussait vite ces sentiments-là. Dieu merci ! elle ne s'essayait pas au style maternel et protecteur avec cette bande de petits jeunes hommes avides et trop beaux. Elle n'essayait pas de jouer à cache-cache avec les faits, elle était cynique et lucide, ils le sentaient bien et cela leur inspirait un minimum de respect. « Tu me donnes ton corps, je te paie. » Quelques-uns, vexés de n'avoir pas à la repousser, avaient essayé de l'entraîner dans une sentimentalité imprécise, peut-être pour lui arracher un peu plus. Elle les avait envoyés à d'autres protectrices, leur signifiant l'importance de leur rôle : « Je vous méprise, comme je me méprise moi-même, de vous supporter. Je ne vous garde que pour ces deux heures de la nuit. » Elle les ravalait au rang d'animaux, délibérément, sans en souffrir.

Nicolas, c'était plus difficile : il n'apportait à son métier de gigolo aucune affection, ni goujaterie, ni sentimentalité. Il était aimable, poli et bon amant, sans grande habileté peut-être, mais ardent, presque tendre... Il passait ses journées chez elle, allongé sur le tapis à lire n'importe quoi. Il ne demandait pas à sortir sans cesse et, quand cela arrivait, il ne semblait pas remarquer les regards significatifs qu'on leur lançait : il restait empressé, souriant comme s'il sortait la jeune femme de son choix. En somme, à part la condescendance, la brutalité avec laquelle elle le traitait, rien ne distinguait leurs relations de celles d'un couple ordinaire.

« N'avez-vous pas froid ? » Il lui lançait un coup d'œil inquiet comme si vraiment sa santé lui importait plus que n'importe quoi au monde. Elle lui en voulut de jouer si bien son rôle, d'être si près de ce qu'elle eût pu espérer dix ans plus tôt encore; elle se rappela qu'à l'époque elle avait encore ce riche mari, ce mari riche et laid, uniquement préoccupé de ses affaires.

Par quelle stupidité n'avait-elle pas profité

de sa beauté, à présent figée, pour le tromper ? Elle dormait alors. Il lui avait fallu, pour la réveiller, sa mort et cette première nuit avec Michel. Et tout avait commencé cette nuit-là.

« Je vous demandais si vous n'aviez pas froid.

— Non, non, nous allons rentrer d'ailleurs.

— Vous ne voulez pas ma veste ? »

Sa belle veste de Creed... elle y jeta un coup d'œil distrait comme à une acquisition sans charme. Elle était gris et roux; les cheveux châtains, drus et soyeux de Nicolas s'accompagnaient bien de ces couleurs d'automne.

« Que d'automnes, murmura-t-elle pour elle-même : votre veste, ce bois... mon automne... »

Il ne répondit pas. Elle était étonnée de ses paroles car elle ne faisait jamais allusion à son âge. Il le savait bien et cela lui était égal. Elle aurait pu aussi bien se jeter dans cet étang. Elle s'imagina un instant, flottant sur l'eau dans sa robe de Dior... Pensées stupides, bonnes pour des jeunes gens. « A mon âge, on ne pense pas à la mort, on s'accroche. » On s'accroche aux bonheurs de l'argent, de la nuit; on profite, on profite de ce jeune homme qui marche près de vous dans une allée déserte.

« Nicolas, dit-elle de sa voix rauque, impérieuse. Nicolas, embrassez-moi. »

Une flaque les séparait. Il la regarda un instant avant de la franchir et elle pensa très vite : « Il doit me haïr. » Il la prit contre lui et lui releva doucement la tête.

« Mon âge, pensait-elle, tandis qu'il l'embrassait, mon âge, tu l'oublies en ce moment; tu es trop jeune pour ne pas te brûler au feu, Nicolas... »

« Nicolas ! »

Il la regardait, un peu haletant, les cheveux en désordre.

« Vous m'avez fait mal », dit-elle avec un petit sourire.

Ils reprirent leur marche en silence. Elle s'étonnait des battements précipités de son cœur. Ce baiser — qu'avait-il donc pris à Nicolas ? — ce baiser, comme si c'était un baiser d'adieu et qu'il l'aimât, avide et triste ! Il était libre comme l'air, offert à toutes les femmes, à tous les luxes. Qu'est-ce qui lui avait pris ? Et cette pâleur subite... Il était dangereux, extrêmement dangereux... Il y avait plus de six mois qu'ils vivaient ensemble, cela ne pouvait durer plus longtemps sans danger. D'ailleurs elle était lasse, fatiguée de Paris, du bruit. Demain elle partirait pour le Midi, seule.

Ils arrivaient à la voiture. Elle se tourna

vers lui et prit son bras d'un mouvement machinal et compatissant. « Après tout, ce garçon perd son gagne-pain. Même provisoirement, c'est désagréable. »

« Je pars pour le Midi demain, Nicolas. Je suis lasse.

— Vous m'emmenez ?

— Non, Nicolas, je ne vous emmène pas. »

Elle le regrettait d'ailleurs. C'eût été drôle de montrer la mer à Nicolas. Il la connaissait déjà sans doute, mais il avait toujours l'air de tout découvrir.

« Vous... vous m'avez assez vu ? »

Il parlait doucement, les yeux baissés. Il avait quelque chose d'altéré dans la voix qui la toucha. Elle entrevit la vie qu'il allait avoir, de disputes sordides, de compromissions et d'ennui, tout cela parce qu'il était trop beau, trop faible et qu'il était la proie idéale pour certaines femmes de certains milieux, de certains revenus, les femmes comme elle.

« Je ne vous ai pas assez vu du tout, mon petit Nicolas. Vous êtes très gentil, très charmant, mais cela ne pouvait durer toujours, n'est-ce pas ? Il y a plus de six mois que nous nous connaissons.

— Oui, dit-il, comme distraitement. La première fois c'était chez Mme Essini, à ce cocktail. »

Elle se rappela soudain ce cocktail agité, et

la première image qu'elle avait eue de Nicolas, ce profil malheureux parce que la vieille Mme Essini lui parlait de très près, avec des petits rires enfantins. Nicolas était coincé contre le buffet et ne pouvait fuir. Le tableau l'avait d'abord fait sourire, puis elle avait regardé Nicolas avec une attention et un cynisme de pensées grandissants.

Ces cocktails étaient de vraies foires, des expositions. On s'attendait à ce que des femmes mûres aillent soulever la lèvre supérieure des jeunes gens et leur vérifient les canines. Enfin elle était allée saluer la maîtresse de maison et, en passant devant une glace, s'était trouvée subitement belle. Nicolas avait paru si soulagé de cette diversion qu'elle n'avait pu s'empêcher de sourire et ce sourire avait mis en garde la vieille Mme Essini.

Elle n'avait présenté Nicolas qu'à contre-cœur. Puis il y avait eu l'habituelle conversation sur les gens et leurs mœurs. Nicolas semblait peu au courant. Au bout d'une heure, il lui plaisait décidément et elle résolut de le lui dire très vite, comme d'habitude. Ils étaient assis près d'une fenêtre, sur un divan, et il allumait une cigarette quand elle prononça son nom d'une voix à peine troublée :

« Nicolas, vous me plaisez. »

Il ne bougea pas, mais enleva la cigarette de sa bouche et la contempla sans répondre.

« J'habite au Ritz », continua-t-elle froidement.

Elle n'ignorait pas que ce dernier point était important. L'ambition de tout gigolo demandait le Ritz. Nicolas eut un petit mouvement de protestation, mais ne dit pas un mot qui signifiât qu'il eût compris. Elle pensa « tant pis » et se leva :

« Je pars. J'espère à bientôt. »

Nicolas se leva aussi. Il était un peu pâle :

« Puis-je vous accompagner ? »

Dans la voiture, il avait passé son bras autour de ses épaules et lui avait posé des questions innombrables et passionnées sur le fonctionnement de la surmultipliée et les subtilités du moteur. Dans sa chambre, elle l'avait embrassé la première et il l'avait serrée dans ses bras avec un petit tremblement et un mélange de violence et de douceur. A l'aube, il dormait comme un enfant, d'un sommeil écrasant, et elle était allée jusqu'à la fenêtre voir se lever le jour sur la place Vendôme.

Et puis il y avait eu Nicolas sur le tapis, jouant tout seul aux cartes, Nicolas près d'elle aux courses, les yeux de Nicolas devant le porte-cigarettes en or qu'elle lui offrait, et Nicolas lui embrassant brusquement la main au cours d'une soirée avec un geste de voleur.

Et maintenant il y avait Nicolas qu'elle allait quitter et qui ne disait rien, qui ne se départait pas de cette nonchalance extrême...

Elle monta dans la voiture et renversa la tête en arrière, subitement fatiguée. Nicolas s'assit à côté d'elle et démarra.

Sur la route elle jetait parfois un coup d'œil sur ce profil attentif et lointain, elle ne pouvait s'empêcher de penser qu'elle en eût été follement éprise à vingt ans et que toute vie n'est peut-être qu'un inextricable gâchis. Nicolas, en arrivant à la porte d'Italie, se tourna vers elle :

« Où allons-nous ?

— Il faudrait passer au « Johny's », dit-elle. J'ai donné rendez-vous à Mme Essini pour sept heures. »

Celle-ci était à l'heure comme d'habitude. C'était une de ses rares qualités. Nicolas serra d'un air un peu affolé la main de la vieille dame.

Elle les regardait. Il lui vint une idée plaisante :

« A propos, je pars demain pour le Midi, je ne pourrai venir à votre cocktail du 16, je suis navrée. »

Mme Essini tourna vers elle et Nicolas un regard faussement attendri :

« Vous en avez de la chance, tous les deux. Au soleil...

— Je ne pars pas », dit Nicolas brièvement.

Il y eut un silence. Le regard des deux femmes convergea vers Nicolas. Celui de Mme Essini plus lourd.

« Mais il faudrait venir à mon cocktail. Vous n'allez pas rester tout seul à Paris, c'est trop triste.

— Bonne idée », ajouta-t-elle.

Mme Essini avait avancé la main et la posait déjà d'un geste de possession sur la manche de Nicolas. Ce dernier eut une réaction inattendue. Il se leva brusquement et sortit. Elle ne le rejoignit qu'à la voiture.

« Voyons, Nicolas, qu'avez-vous ? Cette pauvre Essini est un peu rapide, mais il y a longtemps que vous lui plaisez, ce n'est pas un drame. »

Nicolas restait debout près de la voiture. Il ne disait pas un mot et semblait respirer difficilement. Elle eut un mouvement de pitié :

« Montez. Vous m'expliquerez tout ça à la maison. »

Mais il n'attendit pas d'être à la maison. Il lui expliqua d'une voix hachée qu'il n'était pas du bétail, qu'il se débrouillerait tout seul et qu'il ne supportait pas qu'elle le laisse en pâture à un vautour comme cette Essini. Et qu'il ne pourrait rien pour cette dernière, qu'elle était trop vieille...

« Mais voyons, Nicolas, elle a mon âge. »

Ils étaient arrivés devant chez elle. Nicolas se tourna vers elle et prit subitement son visage entre ses deux mains. Il la regardait de très près et elle essayait en vain de se dégager, sachant que son maquillage n'avait sans doute pas résisté à la route.

« Vous, c'est différent, dit Nicolas à voix basse. Vous... vous me plaisez. J'aime votre visage. Comment... »

Il avait une intonation désespérée et il la lâcha. Elle était stupéfaite.

« Comment, quoi ?

— Comment avez-vous pu m'offrir à cette femme ? N'ai-je pas passé six mois avec toi ? N'as-tu jamais pensé que je pouvais m'attacher à toi, que je pouvais ?... »

Elle se détourna brusquement.

« Tu triches, dit-elle à voix basse. Moi, je ne peux pas m'offrir de tricher. Je ne peux plus. Allez-vous-en. »

Quand elle remonta chez elle, elle se regarda dans une glace. Elle était irrémédiablement vieille, elle avait plus de soixante ans et ses yeux étaient pleins de larmes. Elle fit ses bagages avec précipitation et se coucha seule dans son grand lit. Elle pleura un long moment avant de s'endormir, en se disant que c'était nerveux.

L'HOMME ÉTENDU

IL se retournait une fois encore dans ses draps enveloppants, dangereux comme des sables, y retrouvant avec horreur sa propre odeur, cette odeur qu'il avait aimé tellement, autrefois, retrouver le matin sur le corps des femmes. Les beaux matins, à Paris, après les nuits blanches, et les quelques heures écrasées de sommeil auprès d'un corps étranger, les matins où il se réveillait à demi épuisé, léger, pressé de partir. Pressé, il avait été un homme pressé, mais là, dans cet après-midi de printemps, étendu, il n'en finissait pas de mourir. Mourir était un mot curieux, cela ne lui semblait plus cette absurde évidence qui avait si souvent précipité ses démarches, mais une sorte d'accident. Comme de se casser la jambe en faisant du ski. « Pourquoi, moi, aujourd'hui, pourquoi ? »

« En fait, je peux guérir », dit-il à voix haute. Et l'ombre assise en contre-jour devant la fenêtre eut un léger sursaut. Il l'avait oubliée, d'ailleurs il l'avait toujours oubliée. Il se rappelait sa surprise en apprenant sa liaison avec Jean. Pour quelqu'un, elle vivait encore, elle était belle, elle avait un corps. Il eut un rire léger qui précipita le précieux battement de son cœur.

Il mourait. Là, il le savait, il mourait. Quelque chose lui déchirait le corps. Cependant, elle était penchée sur lui, elle le soutenait par les épaules et il sentait sa propre omoplate, ridiculement décharnée, sursauter dans la main douce de sa femme. Ridicule, c'était de cela qu'il mourait, de ridicule. Y avait-il une maladie qui permît de mourir beau ? Il n'y en avait sans doute pas, et la seule beauté des hommes était peut-être dans cet élan vers leur vie à venir. Mais déjà il se calmait, elle le reposait sur son oreiller et, en se penchant avec lui, son visage passa dans le rayon de lumière, et il la vit. Elle avait un beau visage, en somme, pour lequel il l'avait épousée vingt ans plus tôt. Mais son expression l'irrita. C'était un visage préoccupé, distrait. Elle devait penser à Jean.

« Je disais donc que j'allais peut-être guérir.

— Mais oui », dit-elle.

C'était drôle. Elle ne l'aimait vraiment plus. Elle savait très bien qu'il était perdu. Mais il y avait si longtemps qu' « elle » l'avait perdu. « On ne perd les gens qu'une fois », où avait-il lu ça ? Etait-ce vrai ? Quand même, elle ne le verrait plus entrer, lire son journal, parler. Non, elle ne l'aimait plus. Si elle l'avait aimé, elle lui aurait dit : « Si, mon amour, tu vas mourir », en lui prenant les mains, avec ce visage lisse, tendu, que donne la science de l'irrémédiable, cette science que l'on acquiert en une seule fois, devant quelqu'un que l'on aime, qui meurt, devant...

« Ne t'agite pas, dit-elle.

— Je ne m'agite pas, je remue un peu. L'agitation, c'est fini pour moi. »

Il avait pris un ton badin. « Mais après tout, je vais mourir, pensa-t-il, peut-être devrais-je lui parler pour de bon ? Mais de quoi ? De nous ? Cela n'existe plus, ou si peu. » Néanmoins, la seule idée de pouvoir encore agir, par ses mots, sur quelque chose lui rendit sa vieille impatience :

« Je te retiens, dit-il, je suis désolé. »

Et il attrapa sa main d'un mouvement lent et tranquille. La dernière fois, c'était il y a deux ans, au bois de Boulogne : il était avec une fille assez jeune et sotte sur un banc et il avait eu ce même mouvement calme, pour ne pas l'effrayer. Inutile, d'ailleurs, elle était chez lui une heure après. Mais il se rappelait l'immense trajet qu'avait dû faire sa main pour atteindre les doigts un peu rougeauds... Ces moments-là...

« Tu as une bonne main », dit-il.

Elle ne répondit pas. Il la voyait à peine. Il eut envie de lui faire ouvrir les volets, mais il pensa que l'obscurité valait mieux pour cette dernière comédie. Comédie, d'où lui venait ce terme ? Il n'y avait rien, là, qui prêtât à une comédie. Mais, déjà, il cherchait à l'atteindre.

« C'est jeudi, dit-il plaintivement. Quand j'étais petit, j'espérais toujours que la semaine des quatre jeudis arriverait un jour. Maintenant aussi : je vivrais trois jours de plus.

— Ne dis pas de sottises, dit-elle, en haussant les épaules.

— Ah ! non, dit-il, subitement furieux, et il essaya de se lever sur les coudes, tu ne vas pas me voler ma mort ! tu le sais bien que je vais mourir. »

Elle le regarda et eut un petit sourire.

« Pourquoi souris-tu ? dit-il d'une voix tendre.

— Ça m'a rappelé une phrase, tu ne peux pas t'en souvenir, il y a quinze ans. On était chez les Faltoney. Je ne savais pas que tu me trompais, à l'époque, enfin je m'en doutais... »

Il sentit naître en lui une vieille satisfaction qu'il réprima assez vite. Dans quelles situations extravagantes ne s'était-il pas mis, dans quelles histoires absurdes !

43

« Alors ?

— Ce soir-là, j'ai compris que tu étais l'amant de Nicole Faltoney. Son mari n'était pas là et, quand tu m'as ramenée à la maison, tu m'as dit que tu devais repasser à ton étude, finir je ne sais quoi... »

Elle parlait lentement, en détachant les mots. Lui, il pensait à Nicole. Elle était blonde, douce, un peu geignarde.

« Alors, je t'ai dit que je voulais que tu rentres, que j'aimais mieux ça; je n'osais pas te dire que je savais, tu parlais toujours de la bêtise des femmes jalouses, et j'avais peur... »

Elle parlait de plus en plus doucement, rêveusement, presque comme on raconte avec tendresse une enfance triste. Il s'énervait.

« Alors, je t'ai dit que j'allais mourir ?

— Non, mais tu as eu la même formule : tu m'as dit... Oh ! non, dit-elle en éclatant de rire, c'est énorme... »

Il se mit à rire aussi, mais sans entrain. Finalement, ce n'était pas le moment de rire, surtout pour elle — lui seul pouvait se permettre cette gaieté héroïque :

« Alors ? continue.

— Tu m'as dit : « Tu ne vas pas me priver « de cette femme, tu vois bien que j'en ai en- « vie. »

— Ah ! dit-il. (Il était déçu, il espérait vaguement un mot d'esprit.) Ça n'a rien de si drôle.

— Non, dit-elle. Seulement me dire ça à moi, avec cet air d'évidence !... »

Elle eut encore un rire un peu gêné, comme si elle le sentait vexé.

Mais, à présent, il écoutait son cœur. C'était un battement sourd et attendrissant, de légèreté. « Nous sommes si peu de chose », pensa-t-il avec une sorte d'amertume. Il était fatigué de voir se ratifier tout au long de sa vie ces lieux communs qu'il exécrait à vingt ans. La mort allait ressembler à la mort autant que l'amour à l'amour.

« Allons, dit-il les yeux fermés, ç'aura été un cœur bien commode.

— Quoi ? » dit-elle.

Il la regarda. C'était bizarre de laisser derrière soi quelqu'un chargé de telles anecdotes, contre soi, contre ce qui allait être votre ombre. Quelqu'un qui avait été si doux à vingt ans, si désarmé et qu'il retrouvait si changé. Qu'il ne retrouvait plus. Marthe... Qu'était-elle devenue ?

« L'aimes-tu, dit-il, ce Jean ? »

Elle lui répondit, mais il ne l'écouta pas. Il essayait une fois encore de compter les rais du soleil au plafond. Les rais fluides, plumeux du soleil. La Méditerranée serait-elle aussi bleue, après ? Quelqu'un chantait dans la cour. Il avait aimé trente airs, dans sa vie, passionnément, à tel point qu'à la fin il ne supportait plus la musique. Marthe, elle, jouait du piano. Mais il y avait si peu de jolis pianos et lui-même avait tellement de goût pour l'ameublement. Bref, ils n'avaient pas eu de piano.

« Tu ne saurais plus jouer de piano ? demanda-t-il plaintivement.

— Du piano ? » interrogea-t-elle.

Elle s'étonnait, elle ne se rappelait plus elle-même : elle avait oublié sa jeunesse. Il n'y avait que lui pour aimer le souvenir de la nuque de Marthe sur le fond noir d'un piano, la jeune nuque droite et blonde de Marthe. Il détourna la tête.

« Pourquoi me parler de piano ? » insista-t-elle.

Il ne répondit pas, mais il serra sa main. Son cœur l'effrayait, il reconnaissait la vieille douleur. Ah ! retrouver la sécurité un instant, l'épaule de Daphné, le goût de l'alcool.

Mais Daphné habitait avec ce jeune imbécile de Guy et l'alcool ne faisait qu'accélérer les événements. Il avait peur, voilà, il avait peur... C'était cette chose blanche dans sa tête et ce retrait de ses muscles. Quelle horreur, il avait tellement horreur de sa mort qu'il lui en venait un sourire.

« J'ai peur », dit-il à Marthe.

Puis il répéta ces trois mots en les accentuant bien. C'était trois mots âpres et ru-

gueux, des mots d'homme. Tous les mots de
sa vie avaient été si faciles à dire, si coulants,
« mon chéri, ma douce, quand veux-tu, bientôt, demain ». Marthe n'était pas un nom
doux et il n'était pas souvent revenu dans sa
bouche.

« Ne t'inquiète pas », dit-elle.

Puis elle se pencha vers lui, mit sa main
sur ses yeux.

« Tout ira bien. Je serai là, je ne te quitte-
rai pas.

— Oh ! ça ne fait rien, dit-il, si tu dois sortir, ou faire des courses...

— Tout à l'heure. »

Elle avait les yeux pleins de larmes. Pauvre
Marthe, cela lui allait mal. Néanmoins, il se
sentait un peu soulagé.

« Tu ne m'en veux pas ? dit-il.

— Je me rappelle aussi le reste », dit-elle
d'une voix chuchotante qui lui rappela dix
voix semblables, un peu haletantes, dans l'an-
gle d'un salon ou au bord d'une plage. Son
cercueil serait suivi par un long chuchote-
ment tendre et ridicule. Dans son fauteuil,
Daphné, la dernière, évoquerait sa silhouette
et le jeune Guy s'agacerait.

« Tout va bien, dit-il. J'aurais aimé mourir
dans un champ de blé ou d'avoine.

— Que dis-tu ?

— Avec les tiges bougeant au-dessus de ma

tête. Tu sais « le vent se lève, il faut tenter de vivre ».

— Calme-toi.

— On dit toujours aux mourants de se calmer. C'est bien le moment.

— Oui, dit-elle, c'est le moment. »

Elle avait une belle voix, Marthe. Il tenait toujours sa main dans la sienne. Il mourrait avec une main de femme, tout allait bien. Qu'importait que cette femme soit la sienne.

« Le bonheur, dit-il, à deux, ce n'est pas si facile... »

Puis il éclata de rire parce que, en fin de compte, ça lui était bien égal, le bonheur. Le bonheur et Marthe et Daphné. Il n'était qu'un cœur battant et rebattant et c'était, en cette heure, la seule chose qu'il aimât.

L'INCONNUE

ELLE prit le virage à toute vitesse et s'arrêta net devant la maison. Elle klaxonnait toujours en arrivant. Sans savoir pourquoi, d'ailleurs, mais toujours, en arrivant, elle prévenait David, son mari, qu'elle était là. Ce jour-là, elle se demanda comment et pourquoi elle avait contracté cette habitude. Après tout, il y avait dix ans maintenant qu'ils étaient mariés, dix ans qu'ils habitaient ce ravissant chalet près de Reading, et il ne semblait pas indispensable qu'elle annonçât toujours de la sorte son arrivée au père de ses deux enfants, à son époux, à son protecteur éventuel.

« Où est-il passé ? » dit-elle dans le silence qui suivit, et elle descendit de la voiture et marcha de son grand pas de golfeuse vers la maison, suivie de la fidèle Linda.

Linda Forthman n'avait pas eu de chance dans la vie. A trente-deux ans, après un divorce malheureux, elle était restée seule — courtisée souvent, mais seule — et il fallait toute la gentillesse et l'entrain de Millicent pour supporter, par exemple, ce dimanche entier au golf, avec elle. Sans être plaintive, Linda était furieusement apathique. Elle regardait les hommes (les célibataires, bien entendu), ils lui rendaient son regard et il semblait bien que cela s'arrêtât là. Pour Millicent, qui était une femme pleine de vitalité, de charme et de taches de rousseur, le personnage de Linda était une énigme. Parfois, avec son cynisme habituel, David avait tenté de lui expliquer les choses : « Elle attend un mâle, disait-il, elle est comme toutes les autres bonnes femmes, elle attend un mâle sur qui elle puisse mettre le grappin. » Mais ce n'était pas vrai et c'était, en fait, grossier. Aux yeux de Millicent, Linda attendait tout bêtement que quelqu'un l'aime, elle et sa nonchalance, et la prenne en charge.

D'ailleurs, à y réfléchir, David était très méprisant et très acerbe au sujet de Linda, et de la plupart de leurs amis d'ailleurs. Il faudrait qu'elle lui en parle. Il ne voulait pas se rendre compte, par exemple, de la bonté de ce gros benêt de Frank Harris, lourdaud, bien sûr, mais si généreux, si profondément gentil. David avait coutume d'en dire : « C'est un type à femmes, sans femmes... », et là il se mettait à rire chaque fois de sa propre plaisanterie comme si elle avait été l'une des trouvailles inimitables de Bernard Shaw ou d'Oscar Wilde.

Elle poussa la porte, entra dans le salon et s'arrêta un instant, stupéfaite, sur le seuil. Il y avait des mégots et des bouteilles ouvertes partout et deux robes de chambre en vrac, dans un coin : la sienne et celle de David. Pendant un bref instant de panique, elle eut envie de faire demi-tour, de repartir et de n'avoir pas vu. Elle s'en voulut de n'avoir pas téléphoné avant, qu'elle rentrerait plus tôt que prévu : non pas le lundi matin mais le dimanche soir. Seulement Linda était déjà derrière elle, les yeux ronds dans son visage blanc, l'air oppressé, et il lui fallait trouver une parade pour ce quelque chose d'irréparable qui s'était sans doute passé chez elle. Enfin, chez elle... ? chez eux... ? Car depuis dix ans, elle disait « notre maison » et David disait « la maison ». Depuis dix ans, elle parlait de plantes vertes, de gardénias, de vérandas, de jardins, et depuis dix ans David ne répondait rien.

« Mais enfin, dit Linda, et sa voix haut perchée fit tressaillir Millicent, mais enfin que s'est-il passé ici ? David donne des parties en ton absence ? »

Elle riait. Elle semblait, elle, prendre ça assez gaiement. Et, effectivement, il était très possible que David, parti pour Liverpool l'avant-veille, soit rentré en catastrophe, ait passé la nuit là et soit reparti dîner au Club, tout près. Seulement il y avait ces deux robes de chambre, ces deux oripeaux funèbres, ces deux étendards, presque, de l'adultère, et elle s'étonna de son propre étonnement. Car enfin David était très bel homme. Il avait les yeux clairs, les cheveux noirs, des traits fins et beaucoup d'humour. Et cependant, elle n'avait jamais pensé, jamais eu le moindre pressentiment et, *a fortiori*, la moindre preuve qu'il ait eu envie d'une autre femme qu'elle. Cela, confusément mais assurément, elle le savait. Elle en était absolument persuadée : David n'avait jamais regardé une autre femme qu'elle.

Elle se secoua, traversa la pièce, prit les deux robes de chambre blasphématoires dans leur coin et les jeta dans la cuisine. Très vite mais pas assez vite pour ne pas voir deux tasses sur la table et un peu de beurre égaré sur une soucoupe. Elle referma la porte précipitamment comme si elle eût assisté à un viol; et, secouant les cendriers, rangeant les bouteilles, plaisantant, elle entreprit de tirer Linda de sa curiosité première et de la faire asseoir.

« C'est idiot, dit-elle, je me demande si la femme de ménage est venue ranger le weekend dernier. Assieds-toi, ma chérie. Je vais te faire une tasse de thé, si tu veux. »

Linda s'assit, l'air déprimé, la main entre les genoux et le sac au bout des doigts.

« Au lieu de ton thé, dit-elle, j'aimerais mieux quelque chose d'un peu plus fort. Ce dernier parcours de golf m'a épuisée... »

Alors, Millicent revint dans la cuisine, évita de regarder les deux tasses, attrapa quelques cubes de glace, une bouteille de brandy, et revint porter le tout à Linda. Elles étaient assises face à face dans le salon, ce ravissant salon meublé en bambou et en jersey mélangé, chiné, que David avait rapporté d'on ne sait où. La pièce avait repris un aspect — sinon humain — du moins bourgeois anglais, et par la porte-fenêtre on voyait le vent incliner les ormes, ce même vent qui les avait fait quitter le terrain de golf une heure auparavant.

« David est à Liverpool », dit Millicent, et elle se rendit compte que sa voix était péremptoire comme si la pauvre Linda avait été susceptible de lui soutenir le contraire.

« Mais oui, dit Linda obligeamment, je le sais, tu me l'avais dit. »

Là-dessus, elles regardèrent ensemble par la fenêtre, puis leurs chaussures, puis leurs yeux.

Quelque chose commençait à gagner du terrain dans l'esprit de Millicent. C'était une sorte de loup, de renard, en tout cas une bête fauve et une bête qui lui faisait mal. Et la douleur s'accentuait. Elle avala un grand coup de brandy pour se calmer, et revint une fois de plus au regard de Linda. « Bien, se dit-elle, en tout cas si c'est ce que je pense, si c'est ce que n'importe quelle personne logique pense ou pourrait penser, en tout cas, ce n'est pas Linda. Nous avons passé le week-end ensemble, et elle est aussi terrorisée que moi, et même, bizarrement, plus que moi. » Car, dans sa tête, l'idée de David amenant une femme dans leur maison, que les enfants y soient ou pas, l'idée de David amenant cette femme et lui prêtant sa robe de chambre, l'idée demeurait complètement démente. David ne regardait pas d'autres femmes. D'ailleurs, David ne regardait personne. Et ce mot « personne » retentit en elle tout à coup, comme un gong. C'était vrai qu'il ne regardait personne. Même pas elle. David était né beau et aveugle.

Bien sûr, après dix ans il était assez naturel, presque plus décent, que leurs relations physiques soient pratiquement réduites à néant. Bien sûr, il était naturel qu'après tout ce temps il ne reste plus grand-chose de ce jeune homme acharné et fiévreux et si inquiet qu'elle avait connu, mais néanmoins il était quand même presque étrange que ce beau mari, cet aveugle si séduisant...

« Millicent, dit Linda, que penses-tu de tout ça ? »

Elle eut un geste circulaire de la main pour souligner le désordre ambiant.

« Que veux-tu que je pense ? dit Millicent. Ou Mrs. Briggs, la gouvernante, n'est pas venue lundi ranger la maison, ou bien David a passé le week-end ici avec une gourgandine. »

Et elle se mit à rire. Au fond, elle était plutôt soulagée. Le problème était bien posé, les choses étaient simples. On peut très bien rire avec une bonne amie du fait d'avoir été trompée et de le découvrir, soudainement, grâce à une partie de golf trop ventée.

« Mais, dit Linda (et elle se mit à rire aussi), mais que veux-tu dire, quelle gourgandine ? David passe son temps avec toi, tes enfants et vos amis. Je vois mal comment il pourrait trouver le temps de fréquenter une vraie gourgandine.

— Oh ! dit Millicent en riant de plus belle — et vraiment elle se sentait soulagée, et sans savoir de quoi —, c'est peut-être Pamela ou Esther ou Janie... Va savoir.

— Je ne crois pas qu'aucune lui plaise », dit Linda presque tristement, et elle eut un mouvement pour se lever qui fit presque peur à Millicent.

« Voyons, Linda, dit-elle, même si nous étions tombées en plein adultère, tu sais bien que nous n'en ferions pas un drame. Voyons, il y a dix ans que nous sommes mariés, David

55

et moi. Chacun de nous a eu quelques occasions... et le drame s'arrête là...

— Je sais, dit Linda, rien de tout cela n'est très important. Je sais mais j'aimerais bien m'en aller. Je voudrais rentrer à Londres.

— Tu n'aimes pas beaucoup David, n'est-ce pas ? »

Il y eut une seconde de stupeur dans les yeux de Linda, puis aussitôt une sorte de chaleur, de tendresse :

« Mais si, j'aime beaucoup David. Je l'ai connu à cinq ans, il était le meilleur ami de mon frère, à Eton... »

Et, après cette phrase stupide et sans intérêt, elle regarda fixement Millicent comme si elle avait énoncé là une chose des plus importantes.

« Bien, dit Millicent, alors je ne vois pas pourquoi tu ne pardonnerais pas à David une chose que je suis prête, moi-même, à lui pardonner. La maison est réellement en désordre, mais j'aime mieux rester ici que de rentrer dans cet embouteillage infernal jusqu'à Londres. »

Linda attrapa la bouteille de brandy et s'en versa une énorme rasade, tout au moins aux yeux de Millicent.

« David est très gentil avec toi, dit-elle.

— Mais bien sûr », dit Millicent sans mentir.

Et il était vrai qu'il avait été un homme prévenant, courtois, protecteur, plein d'imagination parfois et, malheureusement, le plus souvent pratiquement neurasthénique. Mais ça, elle n'allait pas le raconter à Linda. Elle n'allait pas lui raconter David allongé sur le divan à Londres, les yeux fermés, des journées entières, refusant de sortir. Elle n'allait pas lui raconter les horribles cauchemars de David. Elle n'allait pas lui raconter les coups de téléphone maniaques de David à un homme d'affaires dont elle ne pouvait même pas se rappeler le nom. Elle n'allait pas lui raconter les colères de David quand un des deux enfants manquait un examen. Elle n'allait pas non plus raconter à Linda que David pouvait être odieux en matière d'ameublement, de tableaux, ni à quel point David, le prévenant David, pouvait être parfois oublieux de ses rendez-vous, y compris avec elle. Ni parfois dans quel état il rentrait. Elle ne pouvait pas non plus raconter à Linda comment elle l'avait aperçu une fois, de dos dans la glace, et avec quelles marques... Et, à ce simple souvenir, quelque chose chancela en elle : son comportement d'Anglaise, de femme convenable, et elle demanda — enfin elle s'entendit demander : « Tu crois que c'est Ethel ou Pamela ? » Parce que, enfin, pratiquement, il n'avait pas le temps de voir d'autres femmes qu'elles. Les femmes, même celles qui jouent Back Street, exigent un certain temps de l'homme qu'elles aiment. Les histoires de David ne pouvaient être, si elles existaient, que des choses brutales, effrénées et rapides, des histoires de prostituées ou de spécialistes. Et comment imaginer David, si orgueilleux, si délicat, en masochiste ?

La voix de Linda lui parvint de très loin, lui sembla-t-il.

« Pourquoi penses-tu à Pamela ou à Ethel ? Elles sont tellement exigeantes...

— Tu as raison », dit Millicent.

Elle se leva, se dirigea vers le miroir du salon et s'y regarda. Elle était belle encore, on le lui avait assez dit et, parfois, assez prouvé, et son mari était un des hommes les plus charmants et les plus doués de leur milieu. Alors pourquoi avait-elle l'impression de voir en face dans ce miroir une sorte de squelette sans chair et sans nerfs et sans os et sans lait ?

« Je trouve dommage, dit-elle — elle ne savait plus très bien de qui elle parlait —, je trouve dommage que David n'ait pas plus d'amis hommes aussi bien que d'amies femmes. Tu as remarqué ?

— Je n'ai jamais rien remarqué », dit Linda, ou plutôt la voix de Linda parce que la pénombre s'était installée. Et Millicent ne voyait plus d'elle qu'une silhouette, une sorte

58

de souris plantée sur le divan, et qui savait, mais qui savait quoi ? Le nom de la femme. Pourquoi ne pas le lui dire ? Linda était assez méchante ou assez gentille — dans ces cas-là, pouvait-on savoir ? — pour susurrer un nom. Alors pourquoi, dans ce soir de juillet, vêtue de sa solitude et de son tailleur clair, avait-elle à ce point l'air d'une femme épouvantée ? Il fallait ramener tout cela à la raison, à la terre. Si c'était vrai, il fallait admettre que David ait une liaison avec une femme quelconque, une amie ou une professionnelle. Il ne fallait pas surtout en faire une histoire sordide et peut-être même, plus tard, pourrait-elle se venger gaiement avec Percy ou un autre. Il fallait ramener les choses dans leur mondanité, leur classicisme. Aussi, elle se leva, épousseta le divan d'une main royale et déclara :

« Ecoute-moi, chérie, de toute façon, nous allons dormir ici. Je vais voir dans quel état sont les chambres, là-haut. Et, si jamais mon cher époux y avait fait une fête excessive, je téléphonerais à Mrs. Briggs, qui est à deux kilomètres, qu'elle vienne nous aider. Cela te dit ?

— Parfaitement, dit Linda dans l'ombre. Parfaitement, comme tu veux. »

Et Millicent se leva et se dirigea vers l'escalier; la photo de leurs deux fils était sur le chemin et elle leur sourit distraitement. Ils iraient à Eton, comme David et qui déjà ? Ah ! oui, le frère de Linda. Elle s'étonna de devoir s'appuyer à la rampe pour monter l'escalier. Quelque chose lui avait coupé les jambes; ce n'était ni le golf ni une possibilité d'adultère. N'importe qui peut envisager d'être trompé et doit l'envisager, et ce n'est pas là une raison pour faire des drames ni des grimaces. En tout cas pas dans l'esprit de Millicent. Elle entra dans « leur » chambre, la chambre de « leur » maison, et remarqua sans la moindre gêne que le lit était défait, ravagé, écumé comme il ne l'avait jamais été, lui semblait-il, depuis son mariage avec David. La seconde chose qu'elle remarqua fut la montre sur la table de chevet, sur sa table à elle. C'était une montre waterproof, une grosse montre d'homme et elle la soupesa un instant du bout des doigts, incrédule et fascinée, avant de comprendre vraiment que c'était un autre homme qui l'avait oubliée là. Elle comprit tout. En bas, il y avait Linda, inquiète et de plus en plus apeurée et de plus en plus dans le noir. Millicent redescendit, et regarda en face curieusement, avec une sorte de pitié, cette chère Linda qui savait aussi :

« Ma pauvre chérie, dit-elle, je crains bien que tu n'aies raison. Il y a une combinaison d'un rose saumon importable dans la chambre à coucher. »

LES CINQ DISTRACTIONS

Si l'on voulait résumer la vie de la comtesse Josepha von Krafenberg, femme célèbre par sa beauté et sa férocité naturelle, on pourrait le faire en cinq « distractions ». Il semble, en effet, que dans les moments cruciaux de son existence Josepha ait eu la possibilité surprenante de se soustraire complètement à la violence de l'instant pour se concentrer sur un détail, d'apparence insignifiante, qui lui permettait de s'échapper.

La première fois, c'était dans un hôtel de campagne, pendant la guerre d'Espagne, où son jeune mari agonisait. Il l'avait fait venir à son chevet et lui répétait d'une voix de plus en plus faible que c'était grâce à elle qu'il s'était, d'une part, engagé et, d'autre part, délibérément fait tuer. Il lui disait que son indifférence, sa froideur à elle, en retour de son grand amour à lui, ne pouvaient pas aboutir à autre chose et qu'il lui souhaitait de comprendre un jour ce que c'était que le lait de la tendresse humaine. Elle l'écoutait, immobile, très bien habillée, dans cette chambre encombrée de soldats blessés et dépenaillés. Elle faisait, des yeux, le tour de la salle, machinalement, avec un mélange de dégoût et de curiosité, lorsque soudain, par la fenêtre, elle aperçut un champ de blé qui oscillait dans le vent d'été exactement comme un champ de Van Gogh, et, dégageant sa main de la main de son mari, elle se leva en murmurant : « Tu as vu ce champ, on dirait un Van Gogh », et s'appuya contre la fenêtre quelques minutes. Lui, avait fermé les yeux et, quand elle revint, à sa grande stupeur d'ailleurs, il était mort.

Son deuxième mari, le comte von Krafenberg, était un homme très riche, puissant, qui avait pensé longtemps lui faire jouer un rôle de figurante élégante, intelligente et décorative. Ils allaient aux courses, parcouraient les fameuses Ecuries « Krafenberg », ils allaient au casino perdre les Marks « Krafenberg », ils allaient à Cannes, à Monte-Carlo, tremper les corps bronzés « Krafenberg ». Néanmoins, la froideur de Josepha qui, au début, avait plus que n'importe laquelle de ses qualités séduit Arnold von Krafenberg, finissait par lui faire peur. Un beau soir, dans l'appartement somptueux qu'ils habitaient Wilhemlstrasse, Arnold lui reprocha cette froideur et alla même jusqu'à lui demander si, par hasard, il lui arrivait de penser à autre chose qu'à elle-même. « Vous avez refusé de me donner, lui dit-il, des petits Krafenberg, vous parlez à peine et, que je sache, vous n'avez même pas d'amis. » Elle répondit qu'elle avait toujours été ainsi et qu'il aurait dû le savoir quand il l'avait épousée. « J'ai une nouvelle pour vous, dit-il alors, froidement, je suis ruiné, parfaitement ruiné, et nous partirons dans un mois nous retirer dans notre maison de campagne en Forêt Noire, c'est la seule chose que j'aie pu sauver. » Elle se mit à rire et lui répondit qu'il partirait seul. Son premier mari lui avait laissé suffisamment d'argent pour mener une vie agréable à Munich et la Forêt Noire l'avait toujours profondément ennuyée. C'est alors que les nerfs d'acier du célèbre banquier craquèrent, qu'il se mit à ravager le salon à coups de pied en hurlant qu'elle l'avait épousé uniquement pour son argent, qu'il le savait bien et que le piège qu'il venait de lui tendre le lui prouvait, car il n'avait jamais été plus ruiné qu'Onassis... Pendant qu'il vociférait de la sorte et que les précieux bibelots volaient, Josepha s'aperçut avec horreur que son bas droit avait filé. Pour la première fois depuis le début de ce pénible dialogue, elle eut un réflexe de surprise et se leva d'un bond. « Mon bas est filé », dit-elle et, sous le regard littéralement stupéfait du pauvre comte

Arnold von Krafenberg, elle quitta la pièce.

Le comte oublia, ou plutôt fit semblant d'oublier cette histoire. Elle exigea d'avoir, à l'avenir, un appartement à elle, complètement séparé de lui, un appartement avec une grande terrasse qui dominait tout Munich et où elle passait des heures, allongée sur une chaise longue, au soleil, l'été, éventée par deux grosses femmes de chambre brésiliennes, fixant le ciel sans rien dire. Ses seuls rapports avec son époux étaient un chèque qu'il lui faisait porter tous les mois par son secrétaire particulier, un jeune et beau Munichois nommé Wilfrid. Wilfrid tomba très vite amoureux d'elle, de son immobilité apparente et, un jour, profitant du fait que les deux Brésiliennes parlaient à peine l'allemand, il se risqua à lui dire qu'il l'aimait et qu'il était fou d'elle. Il pensait qu'elle allait le chasser, lui faire perdre sa position auprès du comte, mais il y avait assez longtemps qu'elle vivait seule, sur cette terrasse, et elle se borna à lui dire : « C'est très bien... Vous me plaisez... Je m'ennuie... » Puis elle le prit par le cou et, malgré sa gêne à lui, l'embrassa violemment sous les yeux impassibles des deux Brésiliennes. Quand il releva la tête, bouleversé, au comble du bonheur, il lui demanda s'il serait un jour son amant, et quand. A ce moment-là, une plume d'un des deux éventails des fem-

64

mes de chambre se détacha et voltigea un peu dans le ciel. Elle la suivit des yeux. « Regarde cette plume, dit-elle, crois-tu qu'elle va passer par-dessus le mur ou pas ? » Il la regarda, stupéfait. « Je vous ai demandé quand vous seriez à moi », répondit-il avec une sorte de colère. Elle sourit et lui répondit « tout de suite » en l'attirant vers elle. Les deux Brésiliennes continuèrent à agiter leurs éventails en chantonnant.

Elle était dans le bureau du docteur Lichter qui la regardait avec curiosité et une sorte de terreur. Elle, toujours impassible. « Je ne vous ai pas revue depuis le suicide de ce pauvre garçon, dit-il, le secrétaire de votre mari. Wilfrid, dit-elle. — Vous n'avez jamais su pourquoi il avait fait ça chez vous ? » Leurs regards se croisèrent. Celui du médecin était méprisant, agressif, mais celui de Josepha était parfaitement placide. « Non, répondit-elle, j'ai trouvé ça très déplacé. »

Le médecin tiqua un peu et ouvrit un tiroir dont il sortit plusieurs radiographies. « J'ai de mauvaises nouvelles à vous annoncer, dit-il. J'ai prévenu Herr von Krafenberg qui m'a dit de vous montrer ceci. » Elle repoussa les radios de sa main gantée et lui sourit. « Je n'ai jamais su lire une radio. J'imagine que vous avez le résultat des analyses. Elles sont positives ? — Hélas ! oui », dit-il. Ils se regardèrent fixement, puis elle détourna les yeux, avisa un tableau au-dessus de la tête du médecin et se leva; elle fit trois pas, remit le tableau droit et alla se rasseoir paisiblement. « Excusez-moi, dit-elle, cela me dérangeait. » Le médecin avait perdu son pari intérieur : faire perdre pour une fois la face à Josepha von Krafenberg.

Josepha était dans une chambre d'hôtel et finissait d'écrire un petit mot pour son mari : « Mon cher Arnold, comme vous me l'avez souvent reproché, je n'ai jamais su souffrir. Je ne veux pas commencer aujourd'hui. » Puis elle se leva et se jeta un dernier regard dans la glace, toujours pensive et calme. Bizarrement, elle se fit même un petit sourire, puis elle se dirigea vers le lit, s'allongea et ouvrit son sac à main. Elle en sortit un petit pistolet noir, tout à fait luisant, et l'arma. Malheureusement, comme il était un peu dur, elle se cassa un ongle. Josepha von Krafenberg ne supportait pas le négligé en quelque domaine que ce fût. Elle se leva, ouvrit le petit sac qu'elle avait avec elle, en sortit une lime à ongles et répara le dégât soigneusement. Après quoi, elle retourna jusqu'à son lit et reprit le revolver. Elle l'appuya sur sa tempe. La détonation ne fit pas grand bruit.

L'ARBRE GENTLEMAN

LORD STEPHEN KIMBERLY se retourna sur le perron et tendit la main vers sa fiancée. Dans la lumière couchante de ce bel automne anglais, elle était encore plus ravissante, plus féminine et plus gracieuse que d'habitude. Il déplora amèrement une seconde que tout ça le laissât complètement froid; mais après tout elle l'aimait ou croyait l'aimer, elle était de son rang, elle avait une jolie dot, il était temps pour lui, à trente-cinq ans, de se marier. Ils allaient peupler la campagne anglaise de petits enfants fort sains qui auraient les yeux bleus de leur mère et les cheveux bruns de leur père, ou, au contraire, des yeux noirs et des cheveux blonds. Ils pousseraient des cris perçants, monteraient des poneys et trouveraient bien un vieux jardinier pour s'attendrir sur eux.

Bien sûr, le discours mental de Stephen peut sembler cynique mais, en fait, il l'était fort peu. Elevé dans cette maison, puis à Eton, puis à Londres, il avait traversé l'enfance, l'adolescence et la semi-maturité avec un calme imperturbable, sauf une fois, mais de cette fois-là, à cet instant, il ne se souvenait absolument plus. La nostalgie n'était qu'au bout de l'allée.

« Que ces hêtres sont beaux ! » s'écria la ravissante Emily Highlife, sa fiancée, en laissant échapper un rire cristallin. Elle-même n'envisageait pas sans un plaisir certain l'idée de devenir, un jour proche, maîtresse de ces lieux, de cet homme et des bambins bien élevés qu'il aurait la courtoisie de lui donner. C'est donc d'un pas aérien que, mettant la main sur le bras musclé de son cavalier, elle descendit les quelques marches du perron.

Assises sous une ombrelle, se bourrant de petits muffins et de thé, leurs deux mères, veuves depuis longtemps (l'une grâce aux Indes, l'autre grâce à la Bourse), les contemplèrent avec ravissement. L'image des petits-enfants qu'on ne saurait manquer de leur infliger un mois par-ci, un mois par-là, pendant les vacances, assombrissait un peu cet avenir doré, mais enfin... : il y aurait bien toujours une nanny pour s'en occuper.

« Je suis si heureuse, dit Lady Kimberly. Il était temps que Stephen se fixât. Je n'aimais guère ses amis de Londres.

68

— Tous les jeunes gens doivent jeter leur gourme, répondit avec indulgence son interlocutrice. Ce n'en sera que préférable pour ma petite Emily. »

Pendant que leurs mères échangeaient ainsi ces pronostics remplis de bon sens, les deux jeunes gens arpentaient l'allée. Bien que venant souvent à Dunhill Castle, Stephen s'y promenait fort peu. Comme bien des gens de son âge, il avait besoin d'être juché sur un engin à quatre roues ou à quatre pattes pour apprécier tout déplacement. Néanmoins, sa fiancée ne cessant de s'extasier sur ces maudits hêtres, il la suivit d'un pas nonchalant, regardant sans la voir la descente précipitée et oblique du soleil dans les feuillages. C'est ainsi que, sans même s'en rendre compte, il se retrouva, et près d'elle, à la clairière. Ce n'était au bout de cette longue allée qu'une sorte de dégagement très silencieux, très beau, où conduisait un petit chemin barré de ronces. Et c'est en revoyant l'arbre qu'il revit le passé, le visage de Faye et, sans doute, le seul moment vivant de sa vie.

Il avait quinze ans et elle, quatorze. Elle était la fille du métayer. Elle habitait un peu plus loin, près de la rivière. Elle était brune avec cet air de petite bête sauvage qu'ont souvent les filles qui grandissent seules dans la nature. Lui, il était un grand dadais efflanqué, « vêtu de probité candide et de lin blanc », plus précisément de coutil blanc, car il fit une chaleur diabolique cet été-là, à Dunhill Castle. Ils commencèrent par pêcher ensemble les truites quasiment apprivoisées du domaine (quasiment apprivoisées mais formellement interdites) et, en les prenant dans sa main, en sentant leur frémissement glacé et affolant sur sa paume, Stephen avait une curieuse impression de plaisir, d'interdit et, bien plus confusément bien sûr, le désir d'une autre proie aussi frénétique, mais moins glacée que celle-ci. Faye riait de lui, elle riait de son accent, de ses boutons, de sa maladresse. Elle arrivait toujours la première dans leurs courses folles. Elle était « l'Inconnu » total, à la fois la vraie nature et la femme, tout ce qu'il ignorait et qu'il avait d'ailleurs fort peu de chances de connaître. Mais, cet été-là, ce seul été, pour la première et la dernière fois de sa vie, Stephen subit et admira les charmes et la beauté de Dunhill, simplement parce que Dunhill était couvert de feuilles où se coucher, rempli de foin où se cacher et que cette clairière respectable, dans la chaleur torride de l'été, était brusquement devenue un lieu de délices inavouables.

Ce qui devait arriver arriva à la fin d'un

long après-midi. Avant de l'embrasser, Faye prononça son nom, « Stephen », et un instant il lui sembla qu'il entendait son propre nom pour la première fois. Tous les deux parfaitement insouciants parce que parfaitement conscients que cet été serait sans doute le seul, elle, déjà cynique parce que déjà résignée et lui, surtout hébété de son plaisir, ils n'eurent pas un instant la moindre tendance sentimentale. L'été passait. Le soleil, et les caresses déjà expertes de Faye aidant, les boutons de Stephen disparurent, sa gaucherie devint force et ses mensonges lui semblèrent aussi normaux que la vérité. On ne peut pas décrire le rouge enfer des amours enfantines. Entourés, cernés de gardes-chasse, de parents, de cousins, de chasseurs et des autres habitants de ces lieux, Stephen et Faye se retrouvaient tous les jours dans la même clairière et sous le même arbre : un platane qu'un de ses oncles, fou, alcoolique, Irlandais, avait ramené de Provence sans qu'on sût pourquoi et qu'on avait exilé dans cette clairière comme le symbole obscur d'une tare familiale. Ils retrouvaient donc tous les après-midi leur propre corps contre celui de l'autre et puis, l'odeur de l'herbe et celle de l'amour. Ils se quittèrent sans un mot.

Quand Stephen revint deux ans plus tard, après son périple classique de jeune homme fortuné en Europe, il entrevit, au cours d'une promenade, Faye enceinte et d'ailleurs fort heureusement mariée. On ne peut pas dire qu'il y eut entre eux le moindre échange de regards. Ce furent deux animaux muets qui se croisèrent dans ce chemin car ni l'un ni l'autre ne pouvait se vanter d'avoir souffert de cette séparation. Toutefois, bien que leur romance eût été sans aucun lyrisme, et sans conséquence, un jour que la passion avait été plus violente que d'habitude, Stephen avait gravé sur ce fameux platane leurs deux initiales « S » « F », non pas avec un cœur au milieu, mais juste deux initiales « S » « F ». Et ce beau soir de fiançailles, à la simple idée brusquement des deux lettres accrochées l'une à l'autre comme deux sangsues, dévorant l'arbre, au simple souvenir de ces dîners interminables à la table familiale, ce fameux été, quand il avait les mains tremblantes, un col blanc, et que des visions plus que troubles défilaient devant ses yeux épuisés, alors là, à trente-cinq ans, son cœur — littéralement amorti et cassé par sa propre vie depuis lors, par sa belle fiancée et son avenir inéluctable — son cœur se mit à battre. Il se revit à quinze ans, Indien dénudé sur l'épaule d'une

Indienne aux cheveux noirs, et il regarda avec une sorte de haine quasiment sexúelle les bouclettes blondes d'Emily.

« Elle va voir ces initiales, pensa-t-il. Il n'y a pas eu tellement de prénoms en « S » dans cette famille et je vais devoir lui expliquer cette passion frénétique par un roman à l'eau de rose. Je vais devoir même citer une petite voisine... »

Et tandis que son esprit déjà, désespérément, cherchait parmi les relations de sa mère une petite fille dont le nom commençât par un « F » et qu'il eût pu amener jusque-là (d'une manière vraisemblable entre deux gâteaux, et, en tout cas, dans une crinoline insurmontable) quelqu'un en lui se mit à gémir sur ce dernier mensonge. Bien sûr, il tromperait Emily plus tard, quand cela serait séant, après leur premier enfant par exemple, et bien sûr, il mentirait alors fort bien. Mais là, c'était un peu autre chose. Il hésita. Elle se retourna vers lui en riant et lui demanda : « Mais, est-ce que vous m'attendiez, Stephen ? »

Un peu interloqué, il fit deux pas pour la rejoindre. Elle avait la main posée sur l'arbre, à l'endroit précis des signatures, et, si le « S » était encore parfaitement visible, le « F » s'était légèrement alourdi, la sève avait coulé de l'arbre et le « F » de

Faye ressemblait furieusement à un « E ».

« Stephen-Emily, dit-elle, déjà... »

Elle lui souriait, mais Stephen sut que la vie venait de lui donner, un peu tard peut-être, une claque irrémédiable.

UNE SOIRÉE

« On ne parvient à oublier certaines choses qu'en s'intéressant à d'autres choses », dit-elle à voix haute; et elle arrêta sa marche dans la chambre avec un petit rire. Il y avait trois hypothèses : téléphoner à Simon et sortir avec lui, prendre trois somnifères et dormir jusqu'au lendemain (mais cette solution lui répugnait comme un sursis inutile), ou bien essayer d'un livre. Mais le livre lui tomberait des mains, si passionnant qu'il fût, ou plus exactement (et elle devinait sa propre attitude) elle le poserait sur le drap et fermerait les yeux, assise dans son lit, avec la lumière qui jaunirait ses paupières et ce malaise qui ne la quittait pas. Ou qui la quittait par moments, moments de triomphe, de gaieté où elle se disait, où elle « s'avouait » qu'elle n'avait jamais aimé Marc et qu'il importait peu qu'il soit parti. Non, la solution du livre était à rejeter, elle ne se supportait pas lisant,

elle ne se supportait que s'étourdissant. Avec
« les autres ».

Téléphoner à Simon. Tandis que la sonne-
rie retentissait, elle promenait l'écouteur de
sa joue à son oreille, l'ébonite noire et moite
lui répugnant un peu, écoutant le son strident
s'étouffer ou réapparaître selon qu'elle le
pressait ou non contre sa peau. « Cela ferait
une bonne scène de film, pensa-t-elle, la
femme appelant son amant, caressant sa voix
à l'avance... » Simon avait la voix fraîche,
l'éternelle voix fraîche de Simon. Elle réalisa
qu'il devait être tard.

« C'est moi, dit-elle.

— Tu vas bien ? dit Simon. Non, tu ne
dois pas aller bien pour m'appeler à cette
heure-ci.

— Je ne vais pas mal, dit-elle — et ses yeux
se remplirent de larmes devant la tendresse
de la voix de l'autre —, je ne vais pas mal,
mais j'aimerais bien aller boire un verre quelque part. Tu étais au lit ?

— Non, dit Simon, et, de plus, j'ai soif
aussi. Je passe dans dix minutes. »

Sitôt raccroché, et devant son visage défait
dans la glace, elle se sentit accablée à l'idée
de sortir, submergée par l'envie de rester
dans cette chambre, seule, avec l'absence de
Marc, avec ce qu'il convenait peut-être d'appeler cette peine. La nourrir, s'y livrer. Elle fi-

76

nissait par haïr cet instinct de conservation qui l'en détournait depuis bientôt un mois comme d'un épouvantail. Et pourquoi ne pas essayer de souffrir un peu, au lieu d'éviter, de toujours éviter tout ? Seulement c'était inutile, aussi inutile de se laisser être malheureux que d'essayer d'être heureux, aussi inutile que le reste, que sa vie, que Simon, que cette cigarette, qu'elle écrasa sur le cendrier avant de se remaquiller.

Simon sonnait. Elle lui sourit comme ils descendaient l'escalier, se retournant vers lui en renversant la tête, et il lui renvoya un sourire troublé. « Il est vrai que nous avons été amants, pensa-t-elle, avant Marc; je ne me rappelle plus très bien comment nous avons rompu. » En fait elle ne se rappelait plus grand-chose de cette période, puisque les choses tombaient devant Marc, s'effritaient comme les murailles de Jéricho. Oh ! s'arrêter de penser à Marc. Elle ne l'aimait plus, elle ne désirait pas qu'il revienne, elle ne regrettait sans doute qu'elle-même, elle-même à ce moment-là, ronde, lisse, comblée, roulant dans une orbite étrangère.

« Je suis fatiguée de moi-même, dit-elle dans la voiture.

— Tu es la seule, dit Simon, — et il prit une voix de fausset : nous t'aimons tous bien.

— Tu sais, dit-elle, c'est comme cette chanson de Mac-Orlan :

Je voudrais, je voudrais je ne sais trop
[quoi,
Je voudrais ne plus entendre ma voix...

— Veux-tu entendre la mienne ? dit Simon. Je t'aime, ma chère, je t'aime passionnément. »

Ils rirent ensemble. C'était probablement vrai. Devant la boîte de nuit, il lui passa son bras autour des épaules et elle s'appuya machinalement contre lui.

Ils dansèrent. La musique était une chose chaude, merveilleuse. Elle avait appuyé sa joue contre l'épaule de Simon, elle se taisait. Elle regardait tourner, devant elle, les autres danseurs, leurs visages renversés dans le rire, ou tendus dans l'attente, les mains des hommes appuyées sur le dos des femmes, possessives, les corps soumis au rythme. Elle ne pensait à rien.

« Ce silence... dit Simon. Marc ? »

Elle secoua la tête :

« Tu sais, Marc, c'était une histoire comme une autre. Il ne faut rien exagérer. La vie passe.

— Heureusement, dit Simon. La vie passe, je reste, tu restes. Nous dansons.

— Nous danserons toute notre vie, dit-elle. Nous sommes de ces gens qui dansons. »

A l'aube, ils sortirent dans l'air frais, s'ébrouèrent et la voiture de Simon les conduisit chez lui. Ils ne dirent rien mais après, en revenant se coucher, elle lui embrassa la joue, s'installa contre son épaule et il lui mit une cigarette tout allumée dans la bouche.

Le jour passait par les rideaux, éclairait les vêtements par terre, et elle gardait les yeux fermés.

« Tu sais, dit-elle d'une voix tranquille, c'est drôle, quand même la vie, tout ça...

— Quoi ? dit-il.

— Je ne sais pas », — et se retournant vers lui elle s'endormit sur le côté. Il resta un instant immobile, puis il éteignit leurs deux cigarettes et s'endormit à son tour.

LA DIVA

« Tu vois, dit-elle, appuyée à un pan du décor et en buvant son eau teintée de menthe, tu vois, si je ne m'occupe pas plus de toi, ce n'est pas que tu ne me plaises pas, et même, je t'aime, comme on peut aimer à mon âge, mais... »

Elle sourit :

« Je ne pense qu'à lui.

— Qui lui ? »

Il devenait furieux. Il redevenait beau. Sa jalousie, si basse soit-elle puisqu'elle ne reposait que sur la peur du lendemain et le manque d'argent, sa jalousie le rendait forcené et beau. C'est ce qu'elle avait toujours obtenu d'ailleurs de tous ses amants et, généralement, sans leur parler de qui que ce soit d'autre.

Le public ondulait. Il y avait du vent, ce soir-là, en Italie. Et ce théâtre antique était littéralement fouaillé dans tous ses recoins par des dizaines de projecteurs, des millions de watts, le progrès venant au secours du passé, comme disaient ces imbéciles. Elle secoua ses fortes épaules et se tourna vers le garçon.

« Dans deux minutes, c'est à moi », dit-elle.

Il ne répondit pas. Il la suivait de ville en ville depuis plus de six mois, à présent. Il lui faisait l'amour — moyennement — et il la pillait, moyennement aussi, mais là il lui en voulait à mort : quand elle entrait en scène, qu'elle abandonnait ses kilos, ses rides et lui-même derrière elle, et que des gens ivres de bonheur, dans le noir — que ce soit à Berlin, New York ou Rome — attendaient, épiaient l'éclosion de sa voix. Et là, elle était seule, tragiquement, délicieusement seule, et il le sentait. Là, il n'importait pas plus que ses trois maris passés ou ses trente amants. Pis, il importait moins que le hallebardier de service puisque ce dernier, au moins, était nécessaire au spectacle.

La foule s'était tue et il regardait avec une sorte de répugnance ce tas de chair trop somptueux à côté de lui — obscène, pensait-il parfois — mais d'où s'élevait cette voix, ce cri qui fascinait ces snobs de mélomanes. Ah ! non, il lui tirerait le maximum très vite, et il filerait aussi très vite. On ne vit pas dans la misère, on ne cède pas opportunément aux caprices de n'importe quel mâle ou femelle pour se retrouver à trente ans le suivant d'une dame sur le retour, fût-elle géniale !

« Je suis blond, pensa-t-il, je suis blond et beau et viril. La Cachionni est tapée, voilà le mot : tapée, et elle devrait me payer bien plus cher. »

L'orchestre s'alanguissait et il pensa qu'on arrivait au dernier acte. Elle s'était éloignée et elle revenait vers lui, maintenant, le front luisant de sueur, avec cet air mi-éperdu, mi-comblé que même l'amour ne lui donnait pas. Elle eut un mouvement enfantin, ridicule presque, pour s'appuyer sur lui. Son habilleuse était là, un verre teinté de menthe à la main, et elle le but sans respirer.

« Comment trouves-tu cette musique ? » dit-elle.

Elle soulevait ses lourdes paupières de nacre, elle le fixait.

« Il avait trente ans, bon Dieu ! Il était mince et beau et utilisable par n'importe quelle princesse iranienne. Comment osait-elle, avec ce visage ravagé, maquillé, dévasté par la sueur, comment osait-elle lui demander, à lui, comment il trouvait quoi ? »

« Je ne connais pas cet opéra », dit-il d'un ton rogue.

Elle se mit à rire.

« Je ne l'ai chanté que trois fois dans ma vie. » — Elle prit un temps. « Et, les trois fois, je l'ai retrouvé, lui. J'espère qu'il sera là, ce soir.

— Mais qui ? »

Mais déjà elle lui tapotait le bras et se dirigeait vers le chef d'orchestre, un crétin celui-là, d'ailleurs, un imbécile facile à juger, un type sans moralité qui ne demandait qu'à profiter d'elle et de son prestige. Il l'avait prévenue, mais elle avait ri et dit : « C'est un musicien, tu sais », sur ce ton de tendresse et de glorieuse excuse qu'ont parfois certains juifs parlant d'un des leurs. Il tâta ses boutons de manchette en onyx et or, le dernier cadeau, puis regarda sa montre. Logiquement, le spectacle serait fini dans une demi-heure. Heureusement. Il en avait assez, à présent, de l'Opéra, de la musique, des duos célestes et tutti quanti. Vivement un bon jerk à Monte-Carlo. Néanmoins, un doute le retenait collé au décor. « Il », qui était-ce « il » trois fois retrouvé ? Un vieux beau des années 30, un ex-époux ? Ce n'était pas le style de la Cachionni, il fallait bien le dire, ces minauderies. Il s'était fait adopter, elle l'avait adopté. Il n'avait jamais eu à lui faire de ces fausses scènes de jalousie qui vous font honte, quand même, à force de simulacre. Alors, qui était « il » ?

Elle revenait vers lui. Elle lui jeta un regard aveugle. Elle posa la main sur son bras.

Elle toussait très bas, elle attendait. Et le rideau se levait et cette horreur de chef d'orchestre levait sa baguette. Tous ses esclaves, ses serfs de musiciens penchaient leurs têtes bornées et soumises sur leurs violons. Et une plainte s'éleva d'eux, et elle ne le voyait plus. Elle était tournée, immobile, vers cette scène livide, ces visages blancs, dans le noir, ce gros ténor, cette fin de vie, ces voyages, ces tours de force... ce destin, bref, où il n'avait qu'un rôle secondaire. Et tout à coup, il le sentit, il perdit pied, il rougit, il comprit... que lui ou un autre... ! qu'importait qu'elle fût deux fois plus vieille et deux fois plus grosse que lui : tous ces gens, là-bas, rêvaient d'elle. Un million de personnes rêvaient d'elle sur la terre et peut-être y avait-il encore une femme qui rêvait de lui, à Rome. Avec de la chance. Et sans doute, ce soir même, l'autre, l'inconnu, « il », l'attendait-il aussi, et sans doute serait-il viré, comme un parasite qu'il était, et sans doute n'avait-il été, avec sa force, sa beauté et sa vigueur, qu'un intermède ennuyeux et un peu cher, un trublion, dans une vraie histoire d'amour. Il la regarda et essaya de s'indigner. Il se sentait quasiment dans un rôle de soubrette enceinte. Mais déjà la foule applaudissait, impatiente, le ténor idiot, et déjà, il le sentait, la foule l'attendait, elle. La foule et « il ».

« Qui est-ce ? dit-il.

— Qui ? »

Elle le regardait de ses yeux sombres, noirs, obscurcis par quelque chose qu'il connaissait et qui ressemblait à la peur.

« Celui que tu as retrouvé trois fois, tu sais ?

— Ah ! » dit-elle.

Et elle se mit à rire doucement avec une sorte de tendresse. Le chef d'orchestre lui faisait un léger signe des paupières. La salle se tendait et il sentait lui-même ses propres nerfs étirés comme des cordes. Elle cessa de rire, se tourna vers lui, mit la main sur sa joue et, un instant, il eut l'impression d'avoir retrouvé sa mère, et une mère qui lui plaisait, au lieu de cette maîtresse exigeante et distraite qu'il ne connaissait pas.

« Lui, dit-elle, c'est le contre-ut, la note la plus haute chez Verdi, tu comprends ? »

Elle le fixait et il resta sans réflexe. Il avait l'impression que ses boutons de manchette, son smoking neuf, ses perles de plastron, tout ce qu'elle lui avait offert lui brûlait la peau.

« Un ut, dit-elle doucement, c'est comme ça. »

Et elle dit, chanta, formula un ut très bas, très tendrement, les yeux clos, comme si elle lui expliquait un mot exotique.

« Seulement, dit-elle, là, il faut le tenir trente secondes. »

Et elle rajusta ses cheveux et releva sa traîne car le chef d'orchestre l'appelait à présent. Elle respira, prit une sorte d'élan et se retourna vers lui.

« Et, en plus, dit-elle, lui, il est inachetable. »

UNE MORT SNOB

Elle commençait à être lasse, et de l'endroit et de son amant. C'était pourtant l'endroit et l'amant à la mode. Le « Sniff Club », et Kurt, le beau Kurt. Seulement, elle avait beau aimer ça, les beaux hommes et les boîtes de nuit, elle en avait assez ce soir-là. Après trente ans, certains clichés ne vous suffisent pas forcément, surtout s'ils sont un peu trop bruyants, comme le « Sniff », ou un peu trop hargneux, comme Kurt. Donc, elle bâillait et il la dévisagea :

« Tu penses à Bruno ? »

Il ne fallait pas lui parler de Bruno. Bruno, c'était son premier mari, le seul, la déchirure. Celui qu'elle avait perdu, presque délibérément, et qu'elle n'avait pu supporter de savoir perdu. Il était loin, à présent. Néanmoins, ce prénom restait insupportable pour elle; elle qui était censée tout avoir. Une énorme fortune, deux maisons superbes, du charme, dix amants et un goût bizarre de la vie.

« Laisse Bruno tranquille, veux-tu...

— Oh ! pardon. Les tabous !... Je t'énerve ? »

Elle tourna vers lui un visage si doux, si désarmé qu'il prit peur. Mais trop tard.

« Tu m'as énervée ? Oui. Je suis « énervée ». Je ne veux plus te voir, Kurt. »

Il se mit à rire. Il était un peu lent, Kurt.

« Tu veux dire que tu me congédies ? Comme ton maître d'hôtel ?

— Non. Je tiens beaucoup à mon maître d'hôtel. »

Ils se fixèrent une seconde et il leva la main pour la frapper. Mais déjà elle était debout, elle dansait avec un autre et il regarda un long moment sa main inutile avant de balayer les deux verres et de partir.

Des amis la recueillirent à leur table. Bien plus tard, elle dansait encore. A l'aube, elle sortit la dernière de la boîte de nuit. C'était une aube fraîche et bleutée comme toutes celles de ce printemps. Sa voiture attendait devant la porte, ce beau monstre surveillé par un enfant endormi, le petit chasseur du « Sniff », appuyé sur le capot dans son costume de groom. Elle eut honte aussitôt.

« Je vous ai fait veiller très tard, dit-elle.

— Sur cette bagnole, je passerais la journée. »

Il devait avoir quinze ans ou dix-sept, mais son admiration était si visible qu'elle se mit à rire. Il lui ouvrit la portière à l'instant même où le vent se levait, un vent frais, âcre, le premier vent du printemps. Elle eut froid. Elle était trop fatiguée, il était trop tard, elle menait une vie d'imbécile. Elle regarda le petit portier; il tremblait aussi un peu dans le vent et dans son ridicule uniforme à brandebourgs. La ville semblait vide à cette heure-là.

« Vous voulez que je vous dépose quelque part ?

— J'habite loin, dit-il avec regret en caressant la voiture de la main. J'habite près de Starnberg. Je prends le train. »

Elle hésita un instant. Oh ! après tout, un grand coup d'air sur l'autoroute. Et ce pauvre petit jeune homme endormi, épuisé. Elle lui devait bien ça.

« Montez, dit-elle. Je vais par là.

— Vous allez à votre haras ? »

C'est vrai, le haras, les chevaux dans le matin, les petits galops, la brume dans la forêt, Bruno... Elle n'y était pas retournée depuis Bruno.

Elle roulait déjà un peu vite dans Munich désert. L'autre semblait au comble de la joie. Il jetait des coups d'œil ravis, alternativement au profil de sa voisine et au compteur de vitesse.

89

« C'est à côté de chez moi, dit-il. Moi, je n'aime que ça : les voitures et les chevaux... Je voulais être jockey, mais je suis déjà trop grand... Alors, je range les voitures à la boîte. A combien vous pouvez monter ? »

Ils s'engageaient sur l'autoroute et elle aurait voulu rouler doucement dans sa fatigue, mais quelque chose dans la voix de son petit voisin ne lui en laissait pas le choix. Elle appuya sur l'accélérateur et la Maserati bondit, siffla, se mit à geindre puis à ronronner vers les 200 km/h.

« On est à deux cents, dit-elle, ça vous va ? »

Il se mit à rire. Il était vraiment vilain avec cet uniforme de clown et ses grandes mains d'âge ingrat qui en dépassaient. Ils devaient avoir un drôle d'air tous les deux dans la voiture; elle avec sa robe du soir, lui déguisé. Elle tendit la main, mit la radio. C'était une belle musique qui glissait comme l'autoroute sous ses roues ou se mettait à battre comme le vent à ses tempes.

« Et vous y allez tous les matins à votre haras ? »

Elle n'osait pas lui dire qu'elle n'y avait pas été depuis Bruno. Depuis deux ans, à peu près. Que devait penser Jimmy, le vieil entraîneur, celui qui l'avait mise à cheval enfant; celui qui se bornait à lui envoyer les comptes à présent et des petits mots maladroits et mélancoliques ?... Elle eut tout à coup envie de le revoir. C'était tout près maintenant. A vingt kilomètres de Starnberg. Elle se tourna vers le petit, à son côté, impulsivement :

« Vous voulez venir au haras avec moi ? On vous montrera un galop, à l'entraînement...

— Oh ! si ça ne vous ennuie pas, dit-il, vraiment... Ah ! ça c'est une nuit !... »

« Eh bien, pensa-t-elle, en voilà un d'heureux. Je n'ai pas su rendre grand monde heureux, même Bruno que j'aimais, ni même Kurt que je n'aimais pas, ni les autres. Mais celui-là, il est heureux. Même pour trois heures; c'est déjà ça. »

Ils contournèrent donc le lac, entrèrent dans une légère brume et arrivèrent au haras. Le premier à leur ouvrir le portail fut Jimmy et elle vit son regard effaré. Elle, en robe longue, le petit portier en brandebourgs; à six heures du matin. Elle sortit de la voiture, tomba dans ses bras. Il avait une de ces figures creuses et débonnaires que n'ont que les gens de cheval, une vieille veste de tweed qu'elle reconnaissait et une odeur de pipe délicieuse après toutes les cigarettes de la nuit; étrangement.

« Madame Laura, disait-il, en lui tapotant les épaules, Madame Laura... Enfin...

— C'est vous, Jimmy... Ah ! voici... euh...

— Gunther, dit le portier. Gunther Braun. »

Il saluait, l'air ébloui. Des chevaux piaffaient dans les stalles, les hommes remuaient du foin.

« Venez prendre un café », dit Jimmy et il les tira dans le petit bureau familier. Au mur il y avait une photo de Laura et de Bruno, à cheval, et puis une de Laura riant, appuyée au dos de Bruno, et elle reconnut la nuque blonde aussitôt et elle détourna les yeux. Et Jimmy en fit autant.

« Ça marche bien, l'écurie, en ce moment ?

— Vous avez dû avoir mes rapports. Ça marche rudement bien ! Athos a encore fait deuxième à Paris, la semaine dernière, et... »

Mais elle ne l'écoutait pas. Elle ne pouvait lui dire qu'elle n'avait pas lu ses rapports depuis deux ans, qu'elle traînait, avec de pauvres gens aussi riches qu'elle, du Mexique à Capri en passant par les Bahamas. Pour rien. Pour oublier Bruno. Et elle y parvenait à présent, c'était bien ça le pire.

« Vous allez venir voir un galop, disait Jimmy. Il y a là un poulain... ! Un fils de Marik... Superbe Devil.

— Dans cette tenue ? »

Elle montrait sa robe du soir, elle ne riait plus; elle tombait de sommeil... La photo de Bruno et d'elle l'agaçait.

« Un galop ? Un vrai galop ? »

Allons bon... Le petit portier était réveillé et ses yeux brillaient d'envie. Quelle soirée !...

« Vous avez toujours vos affaires là-haut, dit Jimmy. Votre culotte de cheval et vos bottes... Pour aller voir un galop, même dans la boue, ça suffit. »

Ils avaient tous les deux un regard implorant. L'un soixante ans, l'autre dix-sept, mais ce même regard enfantin qui l'avait toujours coincée chez les hommes... Bon; après tout, elle se changeait, elle voyait le galop et elle rentrait. Très bien. Seulement dans la pièce du haut, en tirant sur ses bottes, elle dut s'arrêter une seconde le cœur battant, épuisée, au bord de la nausée... Décidément, elle buvait trop ces temps-ci...

Ils prirent la vieille jeep de Jimmy et se rendirent au rendez-vous. Les chevaux hennissaient déjà, la croupe fumante, sur un fond vert-gris d'arbres à demi frappés par le printemps. Et la longue piste de trois kilomètres, en terre battue, s'allongeait devant eux. Elle se rappelait tout à présent : l'excitation avant de monter en selle, le départ tous ensemble, le bruit assourdissant du galop et le choc implacable des bottes, de voisin à voisin... Et la terre qui vous volait au visage et la peur et l'amusement... Elle faisait ça avec Bruno, c'est vrai, il n'y a pas si longtemps.

« J'ai une surprise pour vous, dit Jimmy. Le voilà. Descends, petit. »

Un superbe cheval se tenait devant elle, tout noir, et elle le reconnut aussitôt. C'était lui le fils de Marik; Devil. Il la regardait et tous les petits lads la regardaient et Jimmy et le portier la regardaient.

« Je veux que vous l'essayiez, dit Jimmy. Comme dans le bon vieux temps. »

Elle avait peur, horriblement peur. Ils n'en savaient rien, eux, des nuits passées à boire, des bêtises de toutes sortes, ils n'en savaient rien de cette fatigue de l'aube ni de ce tremblement dans ses mains, dans ses os. Ce n'était pas juste. Elle murmura :

« Je n'ai pas monté depuis deux ans, Jimmy.

— Eh bien, Devil vous remettra en selle. »

Il riait. Ah ! les hommes, parfois, avec leur force physique, leur équilibre... Mais ils avaient aussi ce regard... L'admiration, déjà éperdue, chez le petit portier; la confiance inaltérable chez Jimmy. Elle fit un pas vers Devil, mit la main sur l'encolure et elle le sentit frémir comme s'il y avait déjà un pacte entre eux. Jimmy tendit les deux mains et elle se retrouva en selle. Son cœur battait trop fort, lui rendait presque inaudibles les mots de Jimmy :

« Bien en face... Bon... Partez... »

Et les chevaux partirent, enfin libérés, dans le vent du matin. Elle sut tout de suite que cela allait mal finir, gagna cent mètres, puis deux cents, reçut de la terre au visage, fut presque reconnaissante à la terre de cet ultime adieu et enfin s'évanouit dans un bruit d'apocalypse, glissa doucement de la selle et prit le sabot de Devil en plein front.

LA PARTIE DE PÊCHE

Ce printemps-là, nous étions en Normandie, dans ma somptueuse demeure, d'autant plus somptueuse qu'après deux ans d'inondations, nous en avions fait réparer la toiture. L'absence subite de cuvettes sous les poutres, l'absence de gouttes d'eau glacée sur nos doux visages endormis la nuit, l'absence de moquette spongieuse sous nos pieds, nous grisa. Nous décidâmes de faire repeindre les volets qui, de roux, étaient devenus marron sale, puis gris-marron, puis qui, désespérés, s'étaient mis à pendre, de biais, aux fenêtres, comme des bannières. Cette décision fastueuse eut des conséquences psychologiques et sportives incalculables.
Les voici :
Il n'était naturellement pas question de demander à un honnête peintre du pays de venir gaiement, avec son équipe sifflotante, repeindre en deux jours cette douzaine de pauvres volets. Non. L'amie d'un ami à nous (quand je dis « nous » je parle des habitués de cette maison

96

qui constituent un club extrêmement fermé — entre autres à l'esprit pratique), l'amie d'un ami à nous, donc, connaissait un peintre yougoslave extrêmement intelligent, très doué, et qui faisait « ça » pour gagner sa vie en France, après mille vicissitudes politiques qui n'ont pas place ici. Bref c'était à la fois une solution économique — car tout le monde sait que les gens du pays en « profitent » — et morale puisque Yasko — c'était son nom — était un peu à la traîne en ce moment. Vive Yasko. Il viendrait donc avec un ami à lui qui peignait aussi et sa jeune femme qui autrement se serait ennuyée à Paris. Ils arrivèrent tous les trois et se révélèrent charmants, bavards, épris de télévision : de délicieux invités. Les volets devenaient peu à peu superbes, sans trop de hâte.

J'ignore pourquoi, un jour fatal, la conversation, après trois semaines d'intellectualité soutenue, s'engagea sur la pêche. Yasko était un pêcheur et il gardait de ses pêches yougoslaves un souvenir mirifique. Pour ma part, ayant pêché trois gardons dans la rivière de ma grand-mère à dix ans et, par un hasard extravagant, une dorade dans la baie de Saint-Tropez, une nuit d'alcool, je babillais gaiement sur la pêche au lancer, à la mouche, que sais-je ? Nous nous montâmes, nous nous montâmes; Frank Bernard, écrivain et ami, qui est généralement porté sur Benjamin

Constant ou Sartre dans ses propos, se découvrit subitement une truite dans son passé de
lycéen. Bref, dès le lendemain nous étions
dans un magasin d'articles de pêche, discu-
tant asticots, hameçons, plombs et cannes
avec le plus grand sérieux. Au coin du feu,
nous inspectâmes tous les trois le calendrier
des marées. D'après Yasko, il fallait attaquer
le poisson tout à la fin de la marée montante.
Il y en avait une à une heure totalement in-
due pour nous, et une autre à onze heures
trente du matin. Nous fixâmes notre choix sur
celle-ci et à minuit, exceptionnellement, nous
étions tous au lit, rêvant de poissons.

Nous avions complètement oublié, bien entendu, que la Normandie est une région saine,
tranquille, où les quelques sports praticables
sont le cheval, le tennis, la marche à pied sur
les planches et le baccara — si l'on a le cœur
solide. Si personne de nos connaissances ne
pêchait, c'était pour une raison. Et si seuls
les pêcheurs patentés, ceux qui ont des ba-
teaux, s'occupaient des poissons activement,
c'était qu'il y avait aussi une raison. On ne ré-
fléchit jamais assez. En fait, je voulais éblouir
Mme Marc, la gardienne, que nos projets
avaient fait ricaner, et Frank devait faire un
léger complexe Hemingway.

Ce matin-là donc, sous une pluie battante,
nous embarquâmes nos cannes à pêche (lan-

cer léger) et nos vers de terre dans la voiture, plus, oh! dérision, un panier pour mettre les poissons. Il y eut quelques difficultés à faire passer les cannes par les fenêtres et la voiture ressemblait vaguement à une pelote d'épingles. Frank dormait à moitié, le peintre et moi on jubilait. La plage était hostile, déserte, glacée.

Il y eut quelques difficultés, dès l'abord, pour accrocher les vers de terre aux hameçons. Frank prétendait que son foie ne supportait pas ce genre de choses et moi, je pris l'air niais et maladroit de celle qui ne sait pas accrocher convenablement les asticots. Yasko para à tout cela. Puis il leva le bras d'un air solennel et lança sa canne. Nous l'observions attentivement afin d'acquérir rapidement sa technique (j'ai déjà dit — je crois — que l'histoire de ma dorade ne m'avait laissé aucun souvenir précis). Il y eut un sifflement et l'hameçon retomba aux pieds de Frank. Yasko grommela quelque chose sur les cannes à lancer yougoslaves — bien supérieures, semble-t-il, aux françaises — et recommença son geste. Hélas! Frank, obligeamment, s'était penché pour ramasser l'hameçon et le geste hardi de Yasko le lui enfonça illico dans le gras du pouce. Frank poussa quelques horribles jurons. Je me précipitai, retirai l'hameçon et l'asticot de son pauvre doigt et lui fit un garrot avec mon mouchoir. Là-dessus,

nous nous livrâmes cinq minutes à une panto-
mime endiablée : faisant voltiger les cannes
au-dessus de nos têtes, essayant vainement
d'envoyer ces maudites ficelles dans l'eau,
rembobinant à une vitesse folle pour procé-
der à un nouvel essai, trois fous en somme.

Je dois ajouter que nous nous étions déchaussés pour cet exercice et qu'ayant re-
troussé soigneusement nos pantalons, nous
avions fait un petit tas de nos chaussures,
chaussettes, montres même, à quelques pas
derrière nous. Confiants dans les horaires de
la marée, n'imaginant pas encore les traîtrises
de la Manche, nous pateaugions donc gaiement, sans arrière-pensée. C'est Frank qui
s'aperçut du drame le premier : sa chaussure
droite le doubla, si je puis dire, et gagna la
mer. Il courut après, toujours en jurant, pendant que sa chaussure gauche, accompagnée
des chaussettes de Yasko, passait la crête des
vagues. Il y eut un moment de panique indes-
criptible : nous lâchâmes nos lignes illico
pour courir après nos effets. Elles en profitè-
rent pour se confier aux flots, à leur tour. Et
les asticots, privés de maîtres, flottèrent impu-
nément dix bonnes minutes, ce qui leur suffit
pour disparaître. Nous avions perdu une
chaussure, deux chaussettes, une paire de lu-
nettes, un paquet de cigarettes et l'une des
cannes. Les deux autres étaient définitivement

embrouillées. Il pleuvait de plus belle. Il y avait exactement vingt-cinq minutes que nous avions débarqué, triomphants, sur cette même plage, qui nous voyait à présent trempés, hagards, blessés et déchaussés. Yasko, sous notre regard, se troublait. Il essayait de débrouiller sa ligne. Frank s'était assis à l'écart, silencieux, méprisant. De temps en temps, il suçait son pouce ou mettait son pied sans chaussure entre ses deux mains pour le réchauffer... J'essayais de récupérer les quelques asticots survivants. J'avais froid.

« Je crois que ça suffit comme ça », dit Frank tout à coup.

Il se leva et, avec une dignité d'autant plus méritoire qu'il boitillait, il se dirigea vers la voiture où il se laissa choir. Je le suivis. Yasko ramassa les deux lignes, tout en se livrant à un commentaire inutile et confus sur les mérites des rivages yougoslaves pour ce qui est de la pêche et de la Méditerranée pour ce qui est des marées. La voiture sentait le chien mouillé. La gardienne ne fit aucun commentaire, ce qui indique assez les ravages de cette expédition sur nos physionomies habituellement enjouées.

Depuis, je n'ai plus été à la pêche en Normandie. Yasko a fini de peindre les volets puis il a disparu. Frank s'est acheté une paire de chaussures neuves. Nous ne serons jamais des sportifs.

LA MORT EN ESPADRILLES

LUKE s'était bien rasé, et même pas coupé, ce matin-là. Il avait son complet de toile beige écrue si élégant, rapporté de France par sa délicieuse femme, Fanny, et il roulait au volant de la Pontiac décapotable, vers les studios de la Wonder Sisters, en sifflotant, malgré un léger mal de dents dont il ignorait l'origine.

Il y avait à présent dix ans que Luke Hammer jouait le rôle de Luke Hammer, c'est-à-dire dix ans qu'il était a) un brillant second rôle, b) un fidèle époux auprès de sa femme européenne, c) un bon père auprès de ses trois enfants, d) un excellent contribuable et, à l'occasion, un bon compagnon de beuverie. Il savait nager, boire, danser, s'excuser, faire l'amour, se défiler, choisir, prendre, accepter. Il avait quarante ans à peine et on le trouvait extrêmement sympathique sur tous les écrans de télévision. Aussi était-ce d'un front serein qu'il aborda Beverley Hills ce matin-là, se dirigeant avec précision vers un rôle que lui avait indiqué son agent et qui devait, selon toute probabilité, lui être octroyé par Mike Henry, le patron de la Wonder Sisters. Il avait un rendez-vous en bonne et due forme, une vie en bonne et due forme et il se sentait en bonne et due forme. Il hésita à allumer, au grand carrefour de Sunset Boulevard, la cigarette mentholée dont il avait l'habitude le matin, tant il lui semblait que la terre et les cieux, les soleils et les spots étaient tous d'accord pour l'aider à continuer. A continuer de fournir en ketchup, en steaks et en billets d'avion les enfants, la femme, la villa et les jardins qu'il s'était choisis une fois pour toutes dix ans auparavant (en même temps que son prénom et que son nom chrétien, Luke Hammer.) Peut-être une cigarette allait-elle déclencher en lui une de ces maladies irrépressibles et épouvantables dont parlaient toutes les gazettes en 75 ? Peut-être cette cigarette serait-elle la goutte d'eau qui ferait déborder un vase inconnu de tous ses médecins et de lui-même ? Cette pensée l'étonna une seconde car elle lui parut originale, et il n'était pas habitué à avoir des idées originales. Malgré son physique avantageux et sa vie tranquille, Luke Hammer était un homme modeste. Il s'était même cru longtemps complexé, voire humble, avant qu'un psychiatre plus bête qu'un autre, ou plus fou ou plus honnête, ne lui révélât qu'il se portait fort bien. Ce docteur s'appelait Rolland, il était alcoolique d'ailleurs, et Luke sourit à ce souvenir tout en rejetant presque inconsciemment sa cigarette, à peine allumée, par la vitre. Quel dommage que sa femme ne le voie pas. Fanny passait en effet son temps à lui dire de faire attention à la boisson, à la fumée et, de plus, à l'amour, bien sûr. L'amour, enfin l'amour physique, était quasiment banni de leurs relations depuis que Luke, ou plutôt le médecin de Fanny, avait découvert chez lui un début de tachycardie qui, sans être dangereuse, pourrait être gênante, par exemple dans les westerns ou ces films à belles chevauchées qu'il était censé tourner et tourner encore les années prochaines. Au demeurant, Luke avait pris ça assez mal, cette interdiction, cette sorte de prohibition sentimentale et sensuelle, mais Fanny avait beaucoup insisté; elle avait bien répété et expliqué qu'ils avaient été amants certes, et de fougueux amants disait-elle et quand elle disait ça une sorte d'amnésie enchanteresse et dubitative envahissait le cerveau de Luke — mais qu'à présent il devait savoir renoncer à certaines choses et être d'abord le père de Tommy, Arthur et Kevin qui, eux, sans le savoir, avaient besoin de lui

pour vivre. Lui, avec son cœur battant régulièrement tout le temps, tous les jours, comme
une petite machine électronique, classique,
ponctuelle, fidèle, point final. Son cœur
n'étant plus cet animal affamé, avide, épuisé,
bringuebalant, sonnant la chamade et la panique et le bonheur entre deux draps trempés
de sueur, son cœur n'étant plus rien d'autre
qu'un moyen de renvoyer son sang, paisiblement, dans des artères également paisibles.
Paisibles comme certaines avenues dans certaines villes, l'été.

Bien sûr, elle avait raison. Et Luke, ce
matin-là, était spécialement heureux d'être
lui-même, de pouvoir enfourcher des chevaux
au galop sous l'œil des caméras, de pouvoir
arpenter des kilomètres, de pouvoir grimper
des pentes à 25° sous un soleil torride, et
même, s'il le voulait et parce que c'était la
mode, de pouvoir simuler l'orgasme auprès
d'une starlette et devant cinquante techniciens aussi glacés que lui. Ravi même.

Il n'y avait plus que quelques blocs à faire,
puis il tournerait à droite, puis à gauche, puis
il entrerait dans la grande cour, il laisserait la
Pontiac au vieux Jimmy, et après toutes les
plaisanteries classiques et rituelles, il signerait le contrat préparé par son imprésario
avec le bon vieux Henry. Un second rôle, bien
sûr, mais un très bon second rôle, un de ces

seconds rôles dont on disait qu'il avait le secret. Expression étrange, à y penser : avoir le secret, toujours, des rôles sans secret. Il tendit la main, s'émerveilla, enfin se surprit à admirer à quel point sa propre main était bien manucurée, propre, nette, bronzée, virile, et, une fois de plus, en remercia Fanny. Le coiffeur-manucure était venu deux jours avant, grâce à elle et grâce à elle aussi il n'avait ni les cheveux trop longs, ni les ongles trop courts, tout était parfaitement équilibré. Peut-être avait-il simplement les pensées un peu courtes.

Et cette phrase le foudroya. Comme un poison, une sorte de L.S.D. ou de cyanure qui envahissait d'un coup les veines de Luke Hammer : « La pensée courte. » « Est-ce que j'aurais la pensée courte ? » Et machinalement, comme quelqu'un qui vient de recevoir un coup, il se rangea à droite et arrêta son moteur. Cela voulait dire quoi, la pensée courte ? Des gens intelligents le connaissaient, des intellectuels même, et des écrivains aussi, et ils étaient fiers de lui. Et pourtant ce terme, la pensée courte, semblait être fiché entre ses sourcils et cela lui faisait exactement la même impression que vingt ans auparavant, quand, étant Marine, il avait surpris sa petite amie dans les bras de son meilleur copain, sur une plage, près d'Honolulu. Et que sa jalousie s'était installée là, exactement au même endroit et avec la même vigueur. Il essaya de se « voir » lui-même, et, d'un geste habituel, inclina le rétroviseur et se regarda. C'était bien lui, il était beau et mâle, et le petit filet de sang rouge dans ses yeux ne correspondait, il le savait, qu'à une bière de trop, ou deux, prises la veille avant de se coucher. Dans ce soleil fracassant de Los Angeles, avec sa chemise bleu pâle, son complet beige presque blanc, cette cravate chinée et ce léger hâle dû, mi-à la mer, mi-aux merveilleux appareils découverts par Fanny, il était vraiment l'image de la santé, de l'équilibre et il le savait.

Alors que faisait-il, arrêté comme un crétin sur ce trottoir ? Alors pourquoi n'osait-il plus mettre le démarreur en marche ? Alors pourquoi, brusquement, se mettait-il à transpirer et à avoir soif et à avoir peur ? Et pourquoi, brusquement, devait-il résister à l'envie de s'abattre en travers de sa voiture, de froisser son beau complet, de se mordre les poings ? (Et de les mordre jusqu'à l'instant où le sang jaillirait de sa bouche, son propre sang, pour qu'il ait enfin l'impression d'avoir mal pour une bonne raison ? En tout cas pour une raison précise...) Il tendit la main et alluma la radio. Une femme chantait, une femme noire peut-être. Sûrement d'ailleurs, car quelque chose dans sa voix le rassurait un petit peu, et il savait par expérience que, généralement,

les femmes noires, enfin leurs voix, car il
n'avait, Dieu merci, jamais eu de contact physique avec elles (non point par racisme mais
justement par absence de racisme), bref, en général, ces voix de femmes noires, mielleuses
et rauques lui donnaient une impression de
confort moral. De solitude, bizarrement. Elles
le changeaient — évidemment — puisque, avec
Fanny et les enfants, il était tout, sauf un
homme seul. Mais il y avait dans ces voix
quelque chose qui réveillait en lui un sentiment d'adolescent sans doute, un vieux mélange, encore une fois, de frustration, d'abandon, de peur. La femme chantait une chanson
un peu oubliée, un peu démodée, et il se surprit à en chercher les paroles avec une sorte
d'anxiété proche de la panique. Peut-être
serait-il bon qu'il retourne voir son psychiatre
alcoolique et puis, tant qu'il y était, qu'il se
fasse faire un check-up complet — il s'était
bien passé trois mois depuis son dernier
check-up — et Fanny disait qu'il fallait vraiment faire très attention. Que la vie sur les
nerfs, la compétition et la tension de son métier n'étaient pas de vains mots. Oui, il irait
se faire faire un électrocardiogramme mais en
attendant, il devait remettre la voiture en
marche, remettre Luke Hammer en marche,
remettre le second rôle, son double, lui-même,
il ne savait plus qui, à force, en marche. Et il

devait amener tout cela au studio. Pas loin d'ailleurs.

« What are you listening to ? » chantait la femme à la radio, « Who are you looking for ? » et mon Dieu, il n'arrivait pas à se rappeler la suite. Il aurait bien voulu la retrouver et devancer cette chanson à seule fin de pouvoir éteindre la radio, mais sa mémoire ne se déclenchait pas; et pourtant, il le savait, il avait chanté cette chanson, il l'avait connue par cœur. Enfin, il n'avait plus douze ans, il n'était pas du style à rester coincé sur un trottoir à cause des paroles d'un vieux blues, alors qu'il avait rendez-vous pour un contrat important, et que le retard était quand même mal considéré, encore en tout cas pour les seconds rôles — dans cette bonne ville d'Hollywood.

Dans un effort qui lui sembla énorme, il tendit la main de nouveau pour éteindre la radio, pour « tuer » cette femme qui chantait et qui aurait pu être, — se dit-il dans une sorte de délire — qui aurait pu être sa mère, sa femme, sa maîtresse, sa fille. Et par ce même effort, il se rendit compte qu'il était absolument trempé : son beau costume beige, ses manchettes, ses mains étaient envahis d'une sorte de sueur épouvantable. Il était pratiquement mort et cela, il le comprit en une seconde et il s'étonna de ne pas en éprouver d'émotion, ni même de douleur physique. La femme continuait à chanter et, contre son gré, il laissa retomber sa main virile et bien manucurée sur son genou et, comme dans une sorte de rêverie sans angoisse, il attendit la mort inévitable.

« Dites donc ! Eh, dites donc, je suis désolé... »

Quelqu'un essayait de lui parler, il y avait encore un être humain qui faisait un effort sur la terre pour Luke Hammer, mais malgré son sens de la civilité et sa bonne humeur habituelle, il ne trouva pas le courage de tourner la tête. Un pas s'approchait, très souple. C'était étrange, la mort pouvait-elle porter des espadrilles ? Et puis tout à coup, il y eut près de lui un visage rouge, carré, des cheveux très noirs, et une voix qui parlait très fort — lui sembla-t-il — en tout cas qui couvrait celle de cette femme étrangère, familière, à la radio.

Il entendit la voix, enfin :

« Je suis navré, mon vieux, j'avais pas vu que vous étiez rangé là, et mon tourniquet était déjà parti, à cause des bégonias... Vous êtes trempé, hein ?

— Ça ne fait rien, dit Luke Hammer — et il ferma les yeux une seconde parce que l'autre sentait l'ail — ça ne fait rien, ça m'a rafraîchi plutôt. C'est votre tourniquet qui... ?

— Oui, dit l'homme plein d'ail, c'est un

110

nouveau système, un rotor rudement puissant. Et je peux le mettre en marche de chez moi. Je ne me suis pas méfié, il n'y a jamais personne par ici... »

Et il regarda le costume trempé de Luke et il décida que c'était, visiblement, un homme convenable. Il ne le reconnut pas, bien sûr : on ne le reconnaissait pas d'emblée, on le reconnaissait « après », quand on disait aux gens que c'était lui qui, dans tel film, était celui qui... Fanny d'ailleurs expliquait très bien aux gens pourquoi ils ne le reconnaissaient « qu'après... »

« Bref, dit le type, je suis désolé, hein ? Mais qu'est-ce que vous fichiez ici, sans blague ? »

Luke leva les yeux vers lui puis les baissa rapidement. Il avait honte, et il ne savait pas de quoi.

« Rien, dit-il, je me suis arrêté pour allumer ma cigarette. J'allais au studio, vous savez, à côté, et allumer une cigarette en roulant, c'est dangereux, enfin, c'est bête, quoi, je voulais dire... »

Alors, l'homme à l'ail se recula d'un pas et se mit à rire.

« Eh bien, dites donc ! si c'est le seul danger que vous risquez dans la vie, allumer vos cigarettes ou recevoir un jet d'eau... ! vous risquez pas grand-chose, hein ? Enfin, mes excuses encore. »

111

Et il donna un grand coup, non pas sur l'épaule de Luke, mais sur l'épaule de la voiture et repartit. Un sourire sournois, mauvais, irréductible envahissait Luke. « Me voilà, moi, moi qui ne fais plus rien, même plus l'amour, moi qui ne suis même pas capable de mourir, mais qui m'en suis cru au bord, grâce à un tourniquet de jardin; me voilà, trempé, cherchant un rôle d'assistant-cow-boy dans Hollywood. Me voilà vraiment comique. » Mais à ce moment-là, se regardant dans le rétroviseur, une dernière fois, il vit que ses propres yeux étaient pleins de larmes et il se rappela les paroles de la chanson que chantait cette femme noire, ou blanche. Et il sut qu'il était en très bonne santé, pour de bon.

Cinq mois plus tard et pour des raisons inconnues, Luke Hammer, figurant jusque-là tranquille à la Wonder Sisters, succomba à une dose excessive de barbituriques dans la chambre d'une call-girl sans intérêt. Personne ne sut jamais pourquoi et, sans doute, même pas lui-même. Sa femme et ses trois enfants furent, paraît-il, admirables de dignité pendant le service funèbre.

LA PAUPIÈRE DE GAUCHE

LE Mistral — pas le vent, le train — transperçait la campagne. Assise près d'une de ces fenêtres qui ressemblaient tellement à un hublot tant ce train était fermé, bloqué et presque cadenassé, Lady Garett se répétait une fois de plus, à trente-cinq ans, qu'elle eût bien aimé vivre dans une de ces humbles ou somptueuses bicoques qui bordent la Seine avant Melun. Raisonnement logique puisqu'elle avait eu une vie agitée; et que toute vie agitée rêve de calme, d'enfance et de rhododendrons aussi bien que toute vie calme rêve de vodka, de flonflons et de perversité.

Lady Garett avait fait « carrière », comme on dit, dans maintes chroniques et dans maintes histoires sentimentales. Ce jour-là, tout en admirant le côté paresseux de la Seine, elle se plaisait à préparer les phrases qu'elle dirait à son amant, Charles Durieux, commissaire-priseur à Lyon, dès son arrivée :

« Mon cher Charles, ce fut une aventure délicieuse, exotique pour moi, même, à force d'in-
signifiance, mais il faut le reconnaître, nous
n'étions pas faits l'un pour l'autre... » Et là,
Charles, le cher Charles rougirait, balbutie-
rait; elle tendrait une main souveraine dans le
bar du Royal Hôtel — main qu'il ne pourrait
rien faire d'autre que de baiser — et elle dis-
paraîtrait, laissant derrière elle des ondes de
regards, des relents de parfums, des lento, des
souvenirs... Pauvre Charles, cher Charles si
dévoué sous sa petite barbiche... Bel homme,
au demeurant, viril, mais enfin quoi, un commissaire-priseur lyonnais ! Il aurait dû se rendre compte lui-même que cela ne pouvait durer. Qu'elle, Letitia Garett, née Eastwood,
ayant épousé successivement un acteur, un
Aga, un fermier et un P.-D.G., ne pouvait rai-
sonnablement finir sa vie avec un commissaire-priseur !... Elle hocha la tête une seconde et se reprit aussitôt. Elle avait horreur,
en effet, de ces mouvements machinaux
qu'ont les femmes seules — ou les hommes
seuls d'ailleurs — dans la vie, dans la rue,
partout, pour ponctuer silencieusement leurs
décisions intimes. Elle en avait trop vu de ces
mouvements du menton, de ces froncements
de sourcils, de ces gestes tranchants de la
main qui appartiennent aux solitaires, quel
que soit leur état mental, ou leur classe so-

ciale. Elle prit son poudrier, se repoudra le nez à tout hasard, et une fois de plus intercepta le regard du jeune homme, deux tables plus loin qui, depuis le départ de la gare de Lyon, lui assurait, lui confirmait qu'elle était toujours la belle, insaisissable et tendre Letitia Garett, fraîchement divorcée de Lord Garett et chaudement entretenue par le même.

C'était drôle d'ailleurs à y penser, que tous ces hommes qui l'avaient tant aimée, qui avaient tous été si fiers d'elle et si jaloux, ne lui en aient jamais voulu à la fin de les abandonner; ils étaient toujours restés bons amis. Elle s'en faisait un orgueil, mais peut-être, au fond, avaient-ils été tous obscurément soulagés de ne plus partager ses perpétuelles incertitudes... Comme le disait Arthur O'Connolly, l'un de ses plus riches amants, « on ne pouvait pas plus quitter Letitia qu'elle ne pouvait vous quitter ! » Il était riche, mais poète, cet homme. En parlant d'elle, il disait : « Letitia, c'est pour toujours le réséda, la tendresse, l'enfance·», et ces trois mots avaient toujours ulcéré les femmes qui l'avaient suivie dans la vie d'Arthur.

Le menu était des plus copieux. Elle le feuilleta d'une main distraite et arriva à une chose épouvantable où, dans le même brouet, traînaient apparemment des céleris rémoulade, des soles historiques et un rôti révolutionnaire, plus des pommes soufflées, des fromages à la va-vite et des bombes de carton pâte à la vanille. Etrangement, dans les trains, tous les menus avaient à présent un air mi-Oliver mi-Michelet. Elle sourit un instant en pensant qu'un jour elle verrait des soles guillotinées ou quelque chose d'aussi bête, puis jeta un coup d'œil interrogateur vers la vieille dame qui lui faisait face. Elle était visiblement une dame de l'arrivée, une Lyonnaise. Elle avait l'air doux, vaguement gêné et des plus honnêtes. Letitia lui passa le menu et aussitôt la dame hocha la tête, sourit, lui readressa le menu avec mille contorsions aimables et discrètes qui firent comprendre à Letitia à quel point, et malgré le temps, elle avait toujours l'air typiquement anglo-saxonne. « Après vous, disait la dame, après vous... » « Mais non, je... voyons », répliquait Letitia d'une voix faible (et elle sentait son accent, dans ces cas-là, redoubler...) « Mais non. Croyez-vous que le melon est bon ? » « Soit bon », lui dit automatiquement une voix intérieure, trop tard. Il y avait déjà sur les lèvres de cette femme en face un petit sourire indulgent dû à cette faute grammaticale, et elle n'eut pas le courage de se rectifier elle-même. Elle en conçut quelque humeur, puis se dit aussitôt qu'il était bien bête de sa part de s'énerver pour si peu de chose et qu'elle ferait mieux de penser à l'exorde qu'elle adresserait à Charles dans trois heures. La grammaire n'avait rien à faire dans les discours passionnels, tout au plus pouvait-on dire — d'après l'expérience assez longue qu'elle avait maintenant du français — que la place des mots changeait complètement une phrase. Ainsi, entre dire à un homme « Je vous aime beaucoup » ou « Je vous ai beaucoup aimé », et dire « Je vous aimerai toujours » ou « Je vais toujours vous aimer », il y avait là des mondes passionnels, incompréhensibles et qu'elle-même avait eu le plus grand mal à résoudre, aussi bien sur le plan sentimental que sur le plan grammatical.

Ce train allait décidément à une vitesse folle. Il lui sembla qu'elle ferait une sorte de bonne action, de politesse au wagon tout entier si elle allait se remaquiller, se laver les mains, se donner un coup de peigne avant que n'arrivent le steak flambé, la sole guillotinée et la bombe dégoupillée qui allaient constituer une heure durant son destin le plus proche. Elle fit un petit sourire à la Lyonnaise et, de sa démarche si connue — mais il fallait bien le dire, dans ce train, si désorganisée —, elle se dirigea vers la porte vitrée automatique qui s'écarta illico avant de la précipiter presque involontairement dans les toilettes de gauche. Elle mit le verrou précipitamment. C'était bien ça, le progrès, la vitesse, le silence, c'était très bien ! Mais vraiment il fallait des muscles d'acier, un comportement de Tyrolienne et une vue d'équilibriste pour traverser un simple compartiment entre Paris et Lyon, en 1975. Elle pensa brusquement avec envie à ces astronautes qui, sans apparemment la moindre secousse, allaient jusqu'à la lune, y descendaient, n'avaient aucun problème de vestiaire et rentraient chez eux, illico dans l'eau, illico recueillis par de joyeux marins enthousiastes. En fait de joyeux marins enthousiastes, ce qui l'attendait, elle, à l'arrivée de ce train, c'était un commissaire-priseur, jaloux, morose et ayant toutes les raisons de l'être puisque, après tout, elle faisait ce trajet rapide et heurté uniquement pour rompre.

C'était encore bien pire dans cet endroit aseptisé, kaki et grotesque, que dans les wagons qui au moins, avec leurs petits reps, leurs petits œillets et leur côté moderne d'ores et déjà démodé, faisaient un effort de pimpant. La cuvette était ronde et, se cramponnant d'une main à un robinet, elle essaya d'ouvrir son sac qui débordait, car on arrivait à Dijon et que, le train s'arrêtant, les freins agissaient en conséquence, son sac donc, ballotté entre deux destins, ou la suivre ou suivre le mouvement de Faraday, son sac pris entre deux mouvements contraires craqua, s'ouvrit et se répandit sur le sol. Elle se retrouva donc à quatre pattes, ramassant — tout en se heurtant la tête aux rebords de la cuvette et à d'autres —, elle se retrouva cueillant par-ci son rouge à lèvres, par-là son carnet de chèques, par-là son poudrier, par-là ses billets; et lorsqu'elle se releva, le front légèrement nimbé de sueur, le train était bien arrêté, tranquille à Dijon. Avec un peu de chance, elle disposait de deux ou de trois minutes pour tranquillement, sans se livrer à des pantomimes genre Marcel Marceau, remettre son mascara.

Bien entendu, c'était la seule boîte qui n'eût pas giclé de son sac et elle la chercha fébrilement dix secondes avant de mettre la main dessus. Elle commença par la paupière gauche. D'ailleurs, c'était son œil préféré, le gauche. Dieu sait pourquoi, tous ses amants, tous ses maris avaient toujours préféré son œil gauche à son œil droit et le lui avaient dit. « Il est, disaient-ils, plus tendre que le droit » et elle avait toujours gentiment, paisiblement admis qu'elle était meilleure à gauche qu'à droite. C'était drôle, à y penser, l'image que les gens vous renvoient de vous-même. C'était toujours un homme qui la laissait froide qui lui avait signalé dans la paume de sa main la proéminence du Mont de Vénus et, donc, sa sensualité. C'était toujours un homme qui l'ennuyait qui lui avait signalé qu'elle était gaie, et, plus triste, c'était toujours un homme qu'elle aimait qui lui avait signalé qu'elle était égoïste.

Le train repartit avec un rude cahot qui la fit chanceler et du même coup se balafrer la joue de haut en bas d'une traînée noirâtre de mascara. Elle jura intérieurement en anglais, s'en voulut aussitôt. Après tout, elle allait retrouver et quitter un amant français. A force de vagabonder partout dans le monde, Lady Garett avait pris l'habitude de réfléchir, de penser, de souffrir même, dans la langue qui était celle de ses amants. Elle rectifia donc, et là à voix haute, son juron par un juron du même sens mais purement français, replia son mascara, l'enfouit dans son sac et décida que cette Lyonnaise supporterait en face d'elle une femme avec un sourcil fait et pas l'autre. Elle se donna un léger coup de peigne et tenta de sortir.

Elle tenta mais n'y arriva pas. La porte résistait. Elle sourit, secoua le loquet, secoua la porte et dut convenir que quelque chose ne marchait pas. Cela la fit rire. Le train le plus moderne et le plus rapide de la France avait un léger défaut dans un système d'ouverture.

Après six ou sept tentatives identiques, elle reconnut avec stupeur que le paysage continuait à se dérouler par le petit hublot de gauche, que son sac était fermé et bien fermé, elle-même prête à aller manger son maudit menu mais que cette porte s'interposait entre elle et ce futur pourtant bien anodin.

Elle secoua à nouveau la porte, elle l'agita, elle la frappa, une sorte de colère montait en elle, comme une lave, une colère enfantine, grotesque, une colère de claustrophobe que, pourtant, elle n'était pas. Dieu merci, elle avait toute sa vie échappé à ces manies modernes : la claustrophobie, la nymphomanie, la mythomanie, la drogamanie, et la médiocrité. Enfin du moins le pensait-elle. Mais là, brusquement, elle se retrouvait elle-même, Letitia Garett, amenée par son chauffeur jusqu'à la gare de Lyon par un beau matin de septembre, attendue à Lyon même par son amant dévoué, elle se retrouvait en train de se casser les ongles, de s'exaspérer et de tambouriner contre une porte de plastique solidifié qui ne voulait pas céder à ses vœux. Le train allait très vite à présent, et elle était tellement secouée que, le premier instant de colère passé, elle se résigna au pire, c'est-à-dire à l'attente, et, rabattant pudiquement le couvercle des toilettes, elle s'assit dessus, les genoux repliés sous elle, vierge pudique tout à coup, comme elle ne se serait jamais assise dans un salon bondé d'hommes. Le sentiment du ridicule, peut-être. Elle se vit dans la glace, s'entraperçut, plus exactement, son sac replié sur ses genoux comme une fortune, les cheveux hirsutes, un seul œil fait. A sa grande surprise, elle s'aperçut que son cœur battait fort, comme il n'avait pas battu depuis longtemps ni pour ce pauvre Charles qui l'attendait, ni pour ce pauvre Lawrence — juste avant — qui lui, Dieu merci, ne l'attendait plus. Quelqu'un allait bien venir quand même, et de l'extérieur automatiquement ouvrir la porte. Malheureusement, tous ces gens étaient en train de déjeuner et les Français ne se déplaçaient jamais à table, quoi qu'il arrive; ils étaient rivés à leurs plats, au va-et-vient des maîtres d'hôtel, à leurs petites bouteilles. Aucun d'eux n'oserait bouger durant cette cérémonie implacable qui était leur ronron quotidien. Elle appuya sur la pédale de la chasse d'eau deux fois, pour s'amuser, puis décida, toujours assise bêtement et dignement, qu'elle essaierait d'équilibrer son œil droit et son œil gauche. La vitesse merveilleuse du train lui permit de consacrer dix bonnes minutes à cet équilibre. A présent, elle avait soif et elle avait pratiquement faim. Elle ré-essaya la porte d'une main timide, mais toujours en vain. Bon, il ne fallait pas s'énerver, il fallait attendre que les

122

gens à côté, à droite, à gauche, ou le contrô-
leur, ou un garçon ou quelqu'un se décide à
utiliser cet endroit, et elle pourrait regagner
sa place et se rasseoir en face de la dame
lyonnaise et préparer tranquillement son
speech pour Charles. D'ailleurs, puisqu'elle
était là et qu'elle était en face de la glace,
pourquoi ne pas s'entraîner ? Elle fixa ses
grands yeux bruns, ses beaux cheveux bruns
dans le petit miroir pas tellement optimiste
de la S.N.C.F., et commença :

« Charles, mon cher Charles, si je vous dis
ces mots cruels aujourd'hui, c'est parce que
je suis quelqu'un de trop volage, de trop in-
constant, que sais-je, que j'en ai souffert toute
ma vie comme j'en ai fait souffrir d'autres
que vous, et que j'ai trop d'affection pour
vous, Charles, pour même imaginer les scènes
affreuses où nous arriverions très vite, vous et
moi, si, comme vous me l'avez si tendrement
demandé, j'acceptais de vous épouser. »

A gauche, par le hublot, il y avait les mois-
sons allongées comme des quille blondes le
long des collines vertes et mordorées, et elle
sentit son émotion grandir en même temps
que ses paroles :

« Car enfin, Charles, vous vivez entre Paris
et Lyon et moi. Et moi, entre Paris et le
monde. Vos escales, c'est Chambéry, les mien-
nes, c'est New York. Nous n'avons pas le

même rythme de vie. J'ai trop vécu, peut-être, Charles, dit-elle, je ne suis plus la jeune fille que vous méritez. »

Et c'était vrai que Charles méritait une jeune fille tendre et confiante comme il l'était lui-même, et naïve comme il l'était aussi. Il était vrai aussi qu'elle ne le méritait pas. Ses yeux se remplirent de larmes, tout à coup. Elle les essuya d'un mouvement brusque et, du coup, se redécouvrit assise sur ce siège ridicule, le mascara dilué et la bouche ouverte, et seule. Après une seconde d'hésitation, le rire la prit, et elle se mit à pleurer de rire, toute seule, sans pouvoir s'arrêter et sans savoir pourquoi, toujours cramponnée à l'espèce de poignée destinée aux voyageurs fatigués. Elle se faisait penser à Elisabeth II, au Parlement, ou à Victoria, où à n'importe qui de ce style, pérorant sur un fauteuil devant une foule invisible, silencieuse et consternée. Soudain, elle vit la poignée se lever, s'abaisser, se relever, se rabaisser et elle resta pétrifiée d'espoir, son sac à la main, prête à la fuite. Puis la poignée cessa de bouger et elle se rendit compte avec horreur que quelqu'un était venu, avait cru, à bon escient d'ailleurs, l'endroit occupé, et était reparti tout aussi tranquillement. Il fallait qu'elle guette à présent, et qu'elle hurle. D'ailleurs, pourquoi ne pas hurler tout de suite ? Elle n'allait pas quand même passer deux heures jusqu'à Lyon dans cet endroit minable. Il y avait sûrement une solution, quelqu'un passant par là entendrait bien ses cris et, après tout, mieux valait le ridicule que l'ennui morbide auquel elle serait automatiquement livrée dans peu de temps. Alors, elle hurla, elle cria « Help ! » d'abord, d'une voix un peu rauque, et puis, se rappelant bêtement qu'elle était en France, elle cria « Au secours ! Au secours ! Au secours ! » d'une voix pointue qui, Dieu sait pourquoi, lui redonna le fou rire. A sa grande stupeur, elle se retrouva assise sur ce maudit siège et se tenant les côtes. Peut-être serait-il bon qu'après avoir rompu avec Charles elle aille se faire faire une sorte de check-up nerveux à l'Hôpital Américain ou ailleurs... D'ailleurs, c'était bien sa faute, elle n'aurait jamais dû voyager seule. « Ils » le lui avaient toujours dit : « Ne voyagez pas seule. » Car enfin, si par exemple Charles était venu la chercher, comme il l'en avait d'ailleurs suppliée par téléphone, il serait actuellement en train de la chercher partout, de taper à toutes les portes, et elle serait d'ores et déjà délivrée, dégustant cette sole à la Du Barry ou Dieu sait quoi, en face du regard admiratif, si tendre et si protecteur de Charles. Evidemment, si Charles avait été là...

Seulement, grâce à ses propres ordres,

Charles était actuellement, sûrement d'ailleurs, déjà, à Lyon-Perrache, un bouquet de fleurs à la main. Il ne savait pas que son bel amour était coincé comme une bête fauve, entre quatre murs ripolinés, et qu'il allait voir sortir peut-être une femme échevelée, hors d'elle, les nerfs brisés, au bout de son voyage. Même pas de livres ! Elle n'avait même pas un livre dans son sac ! La seule chose à lire dans cet endroit disait de bien faire attention en sortant, de ne pas se tromper de porte et de ne pas sauter sur la voie. C'était drôle, ça, c'était humoristique ! A tout prendre, elle aurait préféré sortir de ce fichu endroit et se jeter sur la voie. Tout, plutôt que cette espèce de boîte aseptisée, ce contre-temps ridicule, cette atteinte directe à sa liberté, atteinte que personne n'avait osé depuis bien dix ans, maintenant. Depuis dix ans, personne n'avait osé l'enfermer. Et surtout, depuis dix ans, chacun avait essayé illico de la délivrer de quelque chose ou de quelqu'un. Mais là, elle était seule comme un vieux chat, et elle donna un coup de pied violent à la porte qui lui fit horriblement mal, abîma ses escarpins neufs de Saint-Laurent et ne servit à rien. Se tenant le pied, elle retomba assise et se surprit à murmurer : « Charles ! oh Charles ! » d'une voix plaintive.

Bien sûr, il avait des défauts, Charles : il

était tâtillon et, vraiment, sa mère n'était pas drôle, ni ses amis, d'ailleurs, et vraiment elle en avait connu de plus gais et de plus beaux et de plus originaux, quoi. Mais quand même, si Charles avait été là, toutes les portes de tous les vestiaires de tous les trains seraient ouvertes depuis longtemps, et il la regarderait avec ses yeux de cocker, il mettrait une de ses grandes mains, si longues et si carrées à la fois, sur la sienne, et il lui dirait : « Vous n'avez pas eu trop peur ? Cela n'a pas été trop désagréable, cette histoire idiote ? », et il s'excuserait même de n'avoir pas agi plus tôt, et peut-être parlerait-il de faire un procès à la S.N.C.F. Car il était fou, au fond, malgré ses airs mesurés. En tout cas, il ne supportait pas que quoi que ce soit de déplaisant lui arrivât. Charles était un homme qui se faisait du souci pour elle et, à y bien penser, il n'y en avait plus tellement de cette race. Non pas qu'elle manquât d'hommes qui se fassent du souci pour elle, ça non, c'était une notion trop vague et trop absurde en soi, mais en général cela manquait d'hommes se faisant du souci pour les femmes. Toutes ses amies le lui disaient et, au fond, elles avaient sans doute raison. C'était un bon vieux slogan de l'époque, mais pas si faux. Car après tout, dans les mêmes circonstances, Lawrence aurait pensé, en ne la voyant pas réapparaître, qu'elle était descendue à Dijon pour retrouver un autre que lui, et Arthur aurait pensé... rien. Il aurait bu jusqu'à Lyon en interrogeant deux ou trois fois le maître d'hôtel, et finalement, il n'y aurait eu que Charles, avec sa cravate à raies et son air calme, qui aurait révolutionné tout le Mistral pour elle. Oui, il était bien dommage qu'ils dussent rompre. A y penser, c'était fou. Elle avait trente-six ans, depuis vingt ans elle ne s'occupait que des hommes — de ses hommes —, de leurs manies, de leurs histoires, de leurs femmes, de leurs ambitions, de leur tristesse, de leurs envies, et là, dans ce train, coincée de la manière la plus grotesque qui soit par un loquet indocile, elle ne voyait brusquement qu'un homme qui pût la tirer de là, et c'était justement à cet homme (grâce auquel elle était dans ce train et vers lequel elle voguait) qu'elle allait signifier une fois pour toutes qu'elle n'avait pas besoin de lui, pas plus que lui besoin d'elle ! Et pourtant elle était, mon Dieu ! convaincue de tout cela en montant dans ce train, une heure plus tôt ! Et de quel ton décidé avait-elle dit à Achille, son chauffeur, de revenir la chercher le lendemain, à la même heure, toutes chaînes rompues ! (*In petto*, bien sûr.) Et comme elle avait imaginé avec joie, ce même matin, l'idée de rentrer à Paris, seule, libre, sans mensonges et sans devoir; sans la moindre obligation d'attendre un coup de téléphone de Lyon, de refuser un dîner amusant à cause d'une arrivée éventuelle de Lyon, de décommander brusquement un rendez-vous bizarre à cause de la présence de Lyon... Oui, en se réveillant ce matin chez elle, elle exultait, brusquement partagée entre l'amusement de prendre le train, pour une fois, et de traverser la belle campagne française, et l'amusement, plus féroce, d'être loyale et nette, et de se déplacer pour signifier à quelqu'un qu'elle était loyale et nette en même temps que perdue pour lui. Il y avait une sorte de cruauté, toujours, en elle qui pouvait être facilement exultante; mais là, cette vamp coincée par un verrou était devenue une sorte de caricature immonde d'elle-même, et ni son destin ni son passé ne s'imbriquaient bien dans le puzzle haché que lui renvoyait de son visage le miroir terne du train; puzzle optique provoqué par des larmes de rire et d'exaspération.

Un peu plus tard, il y eut plein d'hommes pressés, ou de femmes — comment savoir ? — qui vinrent secouer sa porte et à qui elle cria « Help ! » ou « Au secours ! » ou « Please ! » sur tous les tons et à toute voix. Elle se rappela son enfance, ses mariages, les enfants qu'elle aurait pu avoir, ceux qu'elle avait eus. Elle se rappela des détails idiots de plages, de murmures la nuit, de disques, de bêtises, et, comme elle avait un certain humour, elle pensa qu'aucun cabinet de psychiatre ne saurait être aussi efficace qu'un W.C. fermé, dans un wagon de 1ʳᵉ classe, entre Paris et Lyon.

Elle fut délivrée après Chalon et n'eut même pas le réflexe de signaler à son sauveteur — au demeurant la dame lyonnaise — qu'elle était là depuis si longtemps. Toujours est-il qu'elle descendit du train à Lyon, parfaitement maquillée, parfaitement paisible, et que Charles, qui tremblait au bord du quai depuis bientôt une heure, s'étonna de la jeunesse de ses traits. Il courut vers elle et, pour la première fois depuis qu'il la connaissait, elle s'appuya un peu contre lui, la tête contre son épaule, et lui avoua qu'elle était fatiguée.

« C'est pourtant un train très confortable », dit-il.

Elle murmura « Oui, bien sûr », vaguement, et puis, se tournant vers lui, elle lui posa la question qui pouvait le rendre le plus heureux au monde :

« Et quand voulez-vous que nous nous mariions ? »

UNE NUIT DE CHIEN

M. XIMENESTRE ressemblait beaucoup à un dessin de Chaval. Corpulent, l'air hébété, sympathique au demeurant. Mais, en ce début du mois de décembre, il arborait une expression chagrine qui donnait à tout passant muni d'un cœur l'envie folle de l'aborder. Ce souci était dû à l'approche des fêtes que M. Ximenestre, d'ailleurs bon chétien, voyait arriver cette année-là avec répulsion, n'ayant pas un centime pour fêter Mme Ximenestre, pourtant avide de présents, son fils Charles, bon à rien, et sa fille Augusta, excellente danseuse de calypso. Pas un centime, telle était l'exacte situation. Et il n'était pas question d'augmentation ni d'emprunts. Les deux avaient été obtenus déjà, à l'insu de Mme Ximenestre et de ses enfants, pour satisfaire le nouveau vice de celui qui eût dû être leur soutien, pour satisfaire enfin la funeste passion de M. Ximenestre : le jeu.

Non point le jeu banal, où l'or ruisselle sur

le tapis vert, ni celui où des chevaux s'essoufflent sur un autre tapis vert, mais un jeu inconnu encore en France, malheureusement en vogue dans un café du xviie où M. Ximenestre prenait un Martini rouge avant de rentrer chez lui tous les soirs : le jeu des fléchettes, pratiqué avec une sarbacane et des billets de mille francs. Tous les habitués en étaient fous, sauf l'un d'eux qui avait dû s'arrêter, ayant un souffle au cœur. Importé par un Australien inconnu au quartier, ce jeu palpitant avait vite formé une sorte de club très fermé, sis dans l'arrière-salle, où le petit billard avait été sacrifié par le patron enthousiaste.

Bref, M. Ximenestre s'y était ruiné, bien qu'ayant fait des débuts prometteurs. Que faire ? A qui emprunter encore de quoi payer le sac à main, le demi-scooter et le pick-up qu'il se savait tenu d'offrir à la suite de quelques allusions très précises à table ? Les jours passaient autour de lui, les yeux s'allumaient de plaisir anticipé, et la neige se mit gaiement à tomber. Le teint de M. Ximenestre devint jaune et il souhaita tomber malade. En vain.

Le 24 au matin, M. Ximenestre sortit de chez lui, suivi par trois regards approbateurs, la fouille quotidienne effectuée par Mme Ximenestre n'ayant pas encore amené la découverte des précieux paquets attendus. « Il s'y prend à temps », pensait-elle avec quelque aigreur mais sans la moindre inquiétude.

Dans la rue, M. Ximenestre entortilla trois fois son foulard autour de son visage et ce geste lui fit un instant envisager un hold-up. Idée qu'il repoussa vite, heureusement. Il se mit à marcher de son pas d'ours, traînard et débonnaire, et vint échouer sur un banc où la neige eut vite fait de le transformer en iceberg. L'idée de la pipe, de la serviette de cuir et de la cravate rouge (par ailleurs importable) qu'il savait l'attendre chez lui mettait le comble à sa désolation.

Quelques passants rubiconds, sautillants, des ficelles et des paquets à chaque doigt, des pères de famille enfin, dignes de ce nom, passèrent. Une limousine s'arrêta à deux pas de M. Ximenestre; une créature de rêve, suivie de deux loulous en laisse, en descendit. M. Ximenestre, pourtant amateur de beau sexe, la regarda sans la moindre pensée. Puis ses yeux errèrent sur les chiens et une vive lueur y apparut soudainement. Se débarrassant du tas de neige accumulé sur ses genoux, il se dressa prestement en poussant une exclamation étouffée par la neige qui lui dégringola de son chapeau dans les yeux et le cou.

« A la fourrière ! » cria-t-il.

La fourrière était un endroit assez lugubre,

plein de chiens tristes ou agités, qui effrayè-
rent un peu M. Ximenestre. Il fixa enfin son
choix sur une bête assez indéfinie quant à la
race et à la couleur mais qui, selon l'expression, avait de bons yeux. Et M. Ximenestre se
doutait qu'il faut d'infiniment bons yeux pour
remplacer un sac, un pick-up et un scooter. Il
baptisa immédiatement sa trouvaille Médor,
et, le tenant au bout d'une ficelle, sortit dans
la rue.

La joie de Médor se traduisit immédiatement par une frénésie qui se communiqua
malgré lui à M. Ximenestre, surpris par la vigueur canine. Il se vit traîner quelques centai-
nes de mètres au grand trot (car il y avait
longtemps que l'expression galoper ne pouvait
plus s'appliquer à M. Ximenestre) et finit par
atterrir dans un passant qui grommela quelque chose sur « les sales bêtes ». Comme un
skieur nautique, M. Ximenestre pensa qu'il
vaudrait peut-être mieux lâcher la ficelle et
rentrer chez lui. Mais Médor, jappant, sautait
sur lui avec entrain, son poil jaunâtre et sale
plein de neige, et un instant M. Ximenestre
pensa qu'on ne l'avait pas regardé ainsi depuis longtemps. Son cœur se fendit. Il plon-
gea ses yeux bleus dans les yeux marron de
Médor et ils eurent une seconde d'une douceur indicible.

Médor se secoua le premier. Il repartit et la

course continua. M. Ximenestre pensait vaguement au basset anémique qui voisinait avec Médor, et qu'il n'avait même pas regardé, considérant qu'un chien doit être gros. A présent, il volait littéralement vers sa maison. Ils ne s'arrêtèrent qu'une minute dans un café où M. Ximenestre prit trois grogs et Médor trois sucres, ces derniers offerts par la patronne compatissante : « Et par ce temps, la pauvre bête qui n'a même pas un petit manteau ! » M. Ximenestre, ahanant, ne répondit pas.

Le sucre eut un effet revigorant sur Médor mais ce fut un fantôme qui sonna chez les Ximenestre. Mme Ximenestre ouvrit, Médor s'engouffra et M. Ximenestre, sanglotant de fatigue, tomba dans les bras de sa femme.

« Mais, qu'est-ce que c'est ? »

Ce cri jaillit de la poitrine de Mme Ximenestre.

« C'est Médor, dit M. Ximenestre et, dans un effort désespéré, il ajouta : Joyeux Noël, ma chérie !

— Joyeux Noël ? Joyeux Noël ? s'étrangla Mme Ximenestre. Mais que veux-tu dire ?

— Nous sommes bien le 24 décembre ? cria M. Ximenestre que la chaleur et la sécurité rendaient à lui-même. Eh bien, pour Noël, je t'offre, je vous offre, se reprit-il, car ses enfants sortaient de la cuisine les yeux écarquillés, je vous offre Médor. Voilà ! »

Et il gagna sa chambre d'un pas décidé. Mais il s'effondra aussitôt sur son lit et prit sa pipe, une pipe de la guerre 14-18 dont il avait coutume de dire « qu'elle en avait vu d'autres ». Les mains tremblantes, il la bourra, l'alluma, mit ses jambes sous la courtepointe et attendit l'assaut.

Mme Ximenestre, blême, blême à faire peur, pensa M. Ximenestre *in petto*, entra presque aussitôt dans sa chambre. Le premier réflexe de M. Ximenestre fut un réflexe de tranchées : il essaya de s'enfouir complètement sous la courtepointe... Il ne dépassa de lui qu'une de ses rares mèches de cheveux et la fumée de sa pipe. Mais cela suffit à l'ire de Mme Ximenestre :

« Peux-tu me dire ce que c'est que ce chien ?

— C'est un genre de Bouvier des Flandres, je crois, dit faiblement la voix de M. Ximenestre.

— Un genre de Bouvier des Flandres ? (La fureur de Mme Ximenestre monta d'un ton.) Et sais-tu ce qu'attend ton fils pour Noël ? Et ta fille ? Moi, je sais bien que je ne compte pas... Mais eux ? Et tu leur rapportes cette affreuse bête ? »

Médor rentrait précisément. Il sauta sur le lit de M. Ximenestre, se coucha près de lui et posa sa tête sur la sienne. Des larmes de ten-

dresse, heureusement cachées par la courtepointe, vinrent aux yeux de son ami.

« C'est trop fort, dit Mme Ximenestre, es-tu
sûr seulement que cette bête n'est pas enra-
gée ?

— Auquel cas, vous seriez deux », dit froidement M. Ximenestre.

Cette réplique affreuse amena la disparition
de Mme Ximenestre. Médor lécha son maître
et s'endormit. A minuit, l'épouse et les enfants de M. Ximenestre partirent sans le pré-
venir pour la messe de minuit. Un léger malaise l'envahit et, à une heure moins le quart,
il décida de sortir Médor cinq minutes. Il mit
son gros cache-nez et à pas lents se dirigea
vers l'église, Médor reniflant toutes les portes
cochères.

L'église était comble et M. Ximenestre essaya en vain d'en pousser la porte. Il attendit
donc devant le porche, sous la neige, son foulard remonté sous les yeux tandis que les can-
tiques des bons chrétiens retentissaient à ses
oreilles. Médor tirait si fort sur sa ficelle qu'il
finit par s'asseoir et attacher la ficelle à son
pied. Le froid, les émotions avaient peu à peu
engourdi l'esprit déjà perturbé de M. Ximenestre, si bien qu'il ne savait plus très bien ce
qu'il faisait là. Aussi fut-il surpris par le flot
des fidèles affamés qui sortit précipitamment
de l'église. Il n'avait pas eu le temps de se re-

lever, de dénouer la ficelle, que déjà une voix jeune s'écriait :

« Oh ! le joli chien ! Oh ! le pauvre homme !... Attends, Jean-Claude. »

Et une pièce de cinq francs tomba sur les genoux de M. Ximenestre hébété. Il se releva en balbutiant et le nommé Jean-Claude, ému, lui donna une autre pièce en lui conseillant de passer un joyeux Noël.

« Mais, balbutia M. Ximenestre, mais voyons... »

On sait à quel point la charité peut être une chose contagieuse. Tous les fidèles ou presque qui sortirent par l'aile droite de l'église donnèrent leur obole à M. Ximenestre et à Médor. Couvert de neige, hébété, M. Ximenestre essayait en vain de les en dissuader.

Etant sortis par l'aile gauche, Mme Ximenestre et ses enfants rentrèrent au foyer. M. Ximenestre survint peu après, s'excusa pour sa blague de l'après-midi, et remit à chacun la somme équivalente à son cadeau. Le réveillon fut très gai. Puis M. Ximenestre alla se coucher près de Médor gavé de dinde, et ils s'endormirent tous deux du sommeil des justes.

LA RUPTURE ROMAINE

Il l'avait invitée à ce cocktail mais c'était pour la dernière fois. Elle-même l'ignorait. Telle Blandine, il allait la livrer aux lions : ses amis.

Cette femme ennuyeuse, blonde, au demeurant exigeante, et un peu snob, et insipide et pas tellement sensuelle, il allait, ce soir, s'en débarrasser. Cette décision (dont on ne pouvait dire qu'il l'avait mûrie, vraiment, mais qu'il avait prise dans un coup de colère sur la plage, à Rome), cette décision, il allait enfin, après deux ans, au moins, l'appliquer. Luigi, héros des fêtes, coureur d'automobiles, de femmes et de bêtises mais néanmoins extrêmement lâche dans certaines circonstances de la vie, allait formuler à sa maîtresse leur rupture. Et pour cela, curieusement, il avait besoin de tout ce cheptel à la fois indifférent et gai et sournois, charmant et amical, chaleureux, qu'il appelait « ses amis ». Petit à petit, depuis trois mois, ils l'avaient vu s'énerver, se détacher, s'agacer, bref, quitter moralement cette si ennuyeuse Inge.

L'ennuyeuse Inge avait été, pendant long-temps, une des plus belles femmes, une des plus belles « invitées de Rome » et, comme disaient d'ailleurs ses amis avec orgueil, une des plus belles maîtresses de Luigi.

Mais deux ans avaient passé, et des modes, et Dieu sait quoi, et à présent Luigi, exaspéré, emmenait dans sa voiture, à ce cocktail qui allait être un cocktail d'adieu, la toujours belle — mais déconsidérée —, la blonde Inge. Il était curieux, même pour lui-même, de voir à quel point ce n'était plus cette femme elle-même qu'il allait quitter, mais l'image de cette femme. Il n'allait pas quitter un profil, une bouche, des épaules, des hanches, des pieds, toutes choses qu'il avait, en leur temps, adorées, presque vénérées (car il était un homme sensuel), il allait quitter une sorte de schéma, de figurine qui était devenue à force d'échos répétés, répétés : « Inge, tu sais ? Celle de Luigi. » Et il avait beau se dire en roulant dans les rues de Rome, il avait beau essayer de se dire plutôt qu'elle était faite de chair et de sang comme lui-même, il lui sem-blait voyager près d'une vieille photographie prise en pied, bien habillée et installée près de lui, bêtement, pour un trajet indéterminé, mais qui néanmoins avait existé deux ans et finirait ce soir.

Il était aussi loin d'elle, de cette Suédoise, qu'il était près de ses amis italiens : son monde, son petit monde d'amis, ses coreligionnaires, ses spadassins, ses pairs. A la vérité, il ne savait pas très bien pourquoi c'était ce soir-là qu'il voulait rompre, ni non plus pourquoi il fallait que tout le monde le sût. C'était un de ces côtés de fatalité bizarre, de fausse moralité, dont Rome regorgeait encore dix siècles après Néron. En fait, au volant de sa belle décapotable, ayant noblement refusé le port de la ceinture de sécurité, Luigi allait délibérément larguer sa chrétienne aux bêtes fauves. Bref, il allait abandonner sa maîtresse et s'arranger pour que cela fût assez bruyant pour être irrémédiable. Ce n'était pas un homme médiocre, mais il avait contracté, à force de compagnie, une sorte de terreur de la solitude, une sorte d'habitude d'être avec quelqu'un et un besoin profond, violent et, là, pratiquement viscéral de l'approbation des autres. Les autres étant les imbéciles ou les intelligents, les cœurs durs ou les cœurs tendres, les victimes ou les chasseurs, mais, de toute façon, « les autres », déambulant obstinément sur les trottoirs de leur ville : Rome. Malades d'eux-mêmes, intoxiqués, s'équilibrant de justesse entre leurs vices, leur plaisir, leur santé, et — parfois — leurs tendresses. Inge était arrivée là-dedans comme un objet, un bel objet blond, bleu, long, éminemment élégant, et tout de suite recherché, comme on peut rechercher un premier prix. Et c'était Luigi de Santo, architecte, Romain, trente ans, joli passé, joli avenir, qui avait remporté ce premier prix, qui l'avait rapporté chez lui, qui l'avait mis sur son lit et qui lui avait arraché des mots d'amour, — voire des cris; c'était lui qui avait exigé de cette femme du Nord qu'elle se conformât aux exigences des hommes du Sud. Sans aucun vice spécial d'ailleurs; Luigi était assez gai ou assez mâle pour ne pas en avoir. Mais le temps, le fameux temps, le fougueux temps était passé : Inge boudait. Les noms de Stockholm, de Göteborg revenaient de plus en plus souvent dans sa conversation qu'il avait, du reste, fort peu écoutée. Il travaillait beaucoup. Aussi, en lui jetant ce soir-là un regard de traître, un regard de Iago, il se sentit tout à fait étonné et comme inquiet de sa propre curiosité. Après tout, cette femme, ce profil, ce corps, ce destin, en somme, il allait les abandonner dans une heure ou deux, sans vraiment les connaître. Ce qu'elle ferait d'elle-même, il ne s'en inquiétait pas, bien sûr — car vivre deux ans avec un homme gai, généreux, un peu lointain, ne peut pas inciter les femmes plutôt gaies, plutôt généreuses, plutôt lointaines à se tuer. Elle partirait très sûrement pour une autre ville italienne — ou pour Paris — et il y avait fort peu de chances pour qu'elle lui manque, ou qu'il lui manque. Ils avaient « cohabité » plus qu'autre chose, « coexisté » comme deux images de mode, deux silhouettes, dessinées — non par eux-mêmes mais par la société où ils vivaient; ils avaient pratiquement tenu un rôle théâtral sans théâtre, caricatural sans caricature et sentimental sans sentiment. Il était bon que Luigi de Santo ait eu pour maîtresse une jeune femme évanescente nommée Inge Ingleborg. Il était aussi bon qu'ils se désirassent, se supportassent et se quittassent au bout de deux ans...

Elle bâilla un peu, tourna la tête vers lui et lui demanda de sa voix tranquille, avec ce léger accent qui l'énervait au fond, depuis deux jours, elle lui demanda « qui » il « y aurait » ce soir. Et, quand il dit « les mêmes » en souriant, elle eut brusquement l'air un peu déçu. Peut-être se rendait-elle compte que cette histoire était finie, peut-être commençait-elle d'elle-même à se détacher, à fuir, à le fuir ? Et, à cette pensée, un vieil instinct de mâle se réveilla chez Luigi : il pensa que, s'il le voulait, il pouvait tout sur elle : la garder, l'apaiser, lui faire dix enfants, l'enfermer et aussi, pourquoi pas : l'aimer. Il eut une sorte de rire à cette idée et elle se tourna vers lui et dit : « Tu es gai, toi ? » sur un ton beaucoup plus interrogatif qu'enjoué, un ton qui l'étonna. « De toute façon, se disait-il en passant sur la place d'Espagne, de toute façon elle doit se douter de quelque chose. Carla m'a téléphoné une demi-heure, et Giana et Umberto; et bien qu'elle n'écoute jamais le téléphone — d'ailleurs elle n'y comprendrait rien, la pauvre (même si elle parle couramment l'italien) — elle doit quand même se rendre compte que quelque chose se passe. La fameuse intuition des femmes. » Et brusquement, de la remettre dans le clan des femmes, dans la masse de ces femmes obsédantes, et devenues obsédées, de l'année 1975, il se sentit un peu rassuré. C'était une femme qu'il avait convenablement entretenue, à qui il avait suffisamment fait l'amour, qu'il avait traînée sur des plages, dans des chalets, dans des soirées, toujours prêt à la défendre physiquement et — physiquement aussi, quoique différemment — toujours prêt à l'attaquer. Qu'elle ne lui ait jamais répondu directement, qu'ils ne se soient que rarement dit « je t'aime » et que ce « je t'aime » dans leur patois divers, relevât plus de l'érotisme que du sentiment, cela n'était pas grave. De toute façon, comme disaient Guido et Carla au téléphone, il était quand même temps d'en finir : il s'encroûtait ! Un homme de son charme, de son espèce, de son originalité ne devait pas

144

traîner plus de deux ans avec un mannequin suédois. Et eux, il pouvait les croire, ils le connaissaient bien. Ils le connaissaient mieux qu'il ne se connaissait lui-même. Cette idée avait été admise dès le départ, enfin dès qu'il avait eu quinze ans.

La villa était complètement illuminée. Avec une sorte de dérision triste, Luigi pensa que le dernier souvenir qu'Inge garderait de Rome aurait quelque chose de somptueux. Il y avait des bolides rouges ou noirs ruisselant sous la pluie, il y avait le charmant et dévoué maître d'hôtel courant sous un parapluie multicolore, il y avait les marches usées et beiges du perron historique, et, à l'intérieur, il y avait ces femmes si bien habillées et ces hommes apparemment si prêts à les déshabiller. Néanmoins, quand il prit le bras de Inge pour monter les marches, il eut une impression désagréable, celle de mener quelqu'un à une corrida, mais par le toril; ou un innocent à un jeu, une débauche, qu'il ne connaîtrait pas.

A l'instant Carla fut sur eux (plus que devant eux); elle fondit sur eux. Elle riait, elle regardait Inge, et lui, et elle riait d'avance.

« Mes chéris, dit-elle, mes petits chéris, je m'inquiétais. »

Il l'embrassa bien sûr, et Inge aussi et ils traversèrent la pièce. Il connaissait bien

Rome et les salons et l'espèce de trouée, de ravine, qui se formait devant eux le confirmait dans ses idées, dans ses prévisions : tous ces gens étaient au courant, tous ces gens attendaient leur arrivée et tous ces gens savaient que lui, Luigi, allait rompre ce soir, et d'une manière éclatante, gaie, avec cette maîtresse fort belle, certes, mais trop longtemps gardée, Inge Ingleborg, de Suède.

Elle semblait ne rien voir. Elle s'appuyait de la main sur son bras, elle saluait les bons vieux amis, elle se dirigeait vers le buffet, prête, comme chaque fois d'ailleurs, il fallait le reconnaître, à boire, à manger, à danser et, au retour, faire l'amour. Pas plus, pas moins. Mais tout à coup il lui sembla que ce « pas moins » avait toujours été là et que le « pas plus », c'eût peut-être été à lui de le solliciter.

Elle prit une vodka-tonic d'un air négligent et Carla lui conseilla vivement d'en prendre une deuxième. Insensiblement, et comme dans une chorégraphie à la fois mauvaise et un peu féroce, les amis s'étaient rassemblés en demi-cercle autour d'eux. Ils attendaient, mais quoi... Qu'il leur dise que cette femme l'ennuyait, qu'il la gifle, qu'il lui fasse l'amour ? Quoi ? En fait, il ne savait pas pourquoi, dans cet après-midi d'été si lourd et si orageux à Rome, il devrait expliquer à tous ces masques (si familiers et si anonymes à la fois) qu'il

146

lui fallait, qu'il lui devenait nécessaire et urgent de quitter Inge.

Il se rappelait avoir dit : « Elle n'est pas de notre espèce », mais, en regardant « l'espèce » qui les entourait, ce mélange de chacals, de vautours et de volailles, il se demanda si vraiment ses mots n'avaient pas dépassé sa pensée. Etrangement, et pour la première fois sans doute depuis qu'il connaissait cette belle jeune femme blonde, suédoise, venue du Nord, indépendante et néanmoins sa compagne de nuit, étrangement, il se sentit solidaire vis-à-vis d'elle.

Giuseppe arriva, toujours beau, toujours gai. Il baisa la main d'Inge dans un geste presque dramatique et Luigi se surprit à penser qu'il « jouait » son geste. Puis Carla revint. Elle demanda avec grande attention à Inge si elle avait vu le dernier film de Visconti. Puis Aldo survint, embrouillé, et laissa entendre à Inge que sa maison de campagne près d'Aoste serait toujours embellie par sa présence. (Aldo allait souvent trop vite.) Puis Marina, déesse en fait de ces lieux, arriva par la droite, mit une main sur la manche de Luigi et l'autre sur le bras nu d'Inge.

« Mon Dieu, dit-elle, que vous êtes beaux tous les deux ! Vous étiez vraiment faits pour vous entendre... »

La foule, comme on dit en Espagne, arrêta

son souffle, la corrida était commencée. Mais le taureau, l'ennuyeuse Inge, paisible, souriait. Visiblement, on attendait une quelconque allusion, une chose drôle de Luigi. Ses amis l'attendaient, il ne trouvait rien. Il fit un de ces gestes si italiens de la main qui voulait dire « niente » ou « merci ». Un peu déçue, Carla à qui effectivement il avait promis une tragi-comédie, que ce soir-là serait le soir de la rupture mais sans en spécifier le lieu, Carla repartit à l'assaut :

« Il fait une chaleur affreuse, dit-elle. J'imagine, ma chère Inge, que les étés sont plus doux chez vous. Après tout, si mes souvenirs sont bons, la Suède est au nord, non ? »

Giuseppe, Marina, Guido et les autres éclatèrent de rire. Mais Luigi se demanda ce qu'il y avait d'amusant, en fait, à rappeler que la Suède était plus au nord que l'Italie. Un instant, l'idée que Carla n'était pas si spirituelle qu'on le disait dans *Vogue* l'effleura. Il essaya de s'en débarrasser comme d'une mauvaise pensée, comme quand il était petit garçon chez les Pères, à Turin, et qu'on leur parlait du plaisir solitaire.

« Je crois effectivement que la Suède est plus au nord que l'Italie », répondit Inge avec cet accent tranquille qui rendait neutre tout ce qu'elle disait, peut-être même tout ce qu'elle faisait, mais qui dut paraître irrésistible de drôlerie à quelqu'un puisque, dans la foule amassée autour du buffet, un rire éclata.

« Ce doit être la tension nerveuse, pensa Luigi, ils attendent tous que je lui dise adieu dans un langage plutôt sale, et, d'ailleurs, il va bien falloir que je m'exécute. »

... Alors Inge leva ses yeux mauves vers lui — car elle avait les yeux mauves et cela avait été une des grandes raisons de son succès à Rome dès son arrivée — et elle prononça cette phrase extravagante, cernée comme elle l'était par tous : « Luigi, je trouve cette soirée très ennuyeuse. Cela t'ennuierait-il de m'emmener ailleurs ? »

La foudre tomba, les cristaux sonnèrent, les maîtres d'hôtel s'évanouirent, les chihuahuas se pâmèrent et Luigi comprit. Il y eut brusquement entre ces deux personnes ce qu'on appelle communément un échange, un échange de regards, et dans les yeux absolument mauves et absolument francs de la femme il y avait non plus une question naïve mais une affirmation totale qui voulait dire : « Je t'aime, imbécile. » Et de la même façon, dans les yeux bruns du Romain fatigué, une interrogation naïve, masculine et enfantine : « Est-ce que c'est vrai ? » Tout se renversa. La situation, les gens, les idées, les programmes et même la fin de la soirée. Les « amis » se retrouvèrent brusquement pendus au plafond par les pieds, recroquevillés telles les chauves-souris, l'hiver. La foule ne fut plus rien qu'un chemin triomphal vers une voiture décapotable et Rome était aussi beau que d'habitude. Et Rome était dans Rome et l'amour était dans Rome.

LE CAFÉ DU COIN

C'est drôle », se disait-il en descendant l'escalier de ce médecin honnête, « c'est drôle ce que font mes pieds. Ils descendent droit cet escalier minable, bourgeois, je ne sais plus. Ils descendent droit vers cette mort décidée et impensable. »

Ses pieds, ses propres pieds, il les avait vus tantôt agiles entre les pieds d'une femme, esquissant des pas de danse, tantôt nus, paisibles, sur une plage. Et là, avec une sorte de dégoût, d'horreur et de surprise, il les regardait, ces mêmes pieds, descendre l'escalier de ce médecin trop honnête. C'était vraiment une chose insensée, la mort. Il ne pouvait pas, lui, Marc, mourir. Il y avait eu quelque chose de confus, d'abstrait entre le regard du médecin sur sa photo (enfin, la photo de son corps, de n'importe quelle partie de son corps — et il ne voulait pas savoir laquelle — une photo à son avis obscène, ce qu'ils appelaient une radiographie) et lui-même. Il y avait là un hiatus extravagant, blême, bleu, bête. Il n'était pas possible qu'entre le Marc montant un escalier, en retard, essoufflé et même soucieux pour son cœur, et le Marc redescendant paisiblement, mortellement ces mêmes marches, tout à la fois conscient et inconscient de son destin, il n'était pas possible qu'il ne se soit passé qu'une demi-heure. Une demi-heure avec un homme froid, désolé et poli, et, de par sa froideur même, chaleureux. « Trois mois, avait-il dit, le poumon, vous savez... » Et Marc, dont personne n'eût jamais pensé, ni même souhaité la mort le lendemain, Marc sentait sa peau se révulser à l'idée de cette précision : « *Je, me moi, je* vais mourir ».

Il avait pourtant tout fait pour acculer le médecin à cette sincérité qui n'était pas encore à la mode en Europe. Il avait bien dit que sa femme et lui étaient séparés, que ses parents étaient irresponsables, et que les quelques enfants qu'il avait pu commettre ne répondaient en aucun cas légalement de lui. C'était sans doute à cette précision dans l'imprécision, qu'il devait ce jugement si formel. Peut-être, après tout, les médecins, même dans ces cas dits dramatiques, éprouvaient-ils un certain dégoût envers des clients si minables ? Effectivement, il était minable. Dieu merci, ce cancer était bien placé. Il y avait des cancers ridicules : du petit colon, de la peau et de diverses parties du corps. Le sien était réservé aux distingués : il allait mourir dans les trois mois, classiquement, d'un cancer du poumon. Il se prit à rire tout bas, se sentant jeune, et gai, et dans le vent. Il se prit à rire d'un rire horrible et presque triomphant à penser qu'il eût pu avoir, après tout, un cancer de l'intestin. Ce qui (et il ne le savait pas encore, même s'il avait voulu se l'avouer) eût été plus dur, plus compliqué à dire. De quelle métaphore aurait-il enveloppé cet organe imbécile, qui représentait pour tout être humain des souvenirs de diarrhées infantiles ou des maux exotiques ? Il avait de la chance dans son malheur. Il n'aurait même pas à s'excuser, pour une fois, ni à trancher; il pourrait dire « je meurs de là » s'il craquait. Il n'aurait pas à dire, comme d'habitude, « si je te quitte, je te quitte à cause de ci », ou « si je m'en vais c'est à cause de ça », les deux *ci* et *ça* étant faux. Pour une fois, il n'aurait pas à se replier derrière la ligne faible de sa sensibilité ou la ligne forte de sa vanité; il n'aurait même pas à excuser sa mort.

Il prit un dernier virage dans l'escalier et tout à coup, la Vie, avec un grand « V », lui apparut dans le seuil de la porte, et il s'arrêta un instant. Il y avait un tel soleil dehors, et déjà il se voyait grelottant dans le noir des chambres de malades, des amis rassurants et des médecins pensifs. Le soleil était vraiment déjà un tournesol, un énorme regret, et c'est sans doute là que, pour la première fois de sa vie, Marc eut un moment de courage, de vrai courage. Il se jeta sur le trottoir comme un fou, vit le boulevard, la vie, la ville, et resta là un instant, au bord du trottoir, comme aveugle et sourd, avant de se diriger à pas tranquilles vers le café du coin. Un café qu'il n'avait jamais remarqué avant, mais qu'il savait pour toujours gravé dans sa mémoire; et comme il pensait cela, il se rendit compte que ce « pour toujours » représentait trois mois, et que tout cela était ridicule, odieux, dérisoire et mélodramatique.

Ce qui l'étonnait, c'était de ne penser à personne. Car enfin, dans ce genre de chose, une fille court vers sa mère, un homme vers sa femme, et un mythomane vers son destin. Lui, n'allait nulle part, sauf dans ce café classique à base de formica, d'employés et de bière. Il s'appuya au bar, de la hanche, et éprouva un instant ce vieux et classique réconfort qu'il avait toujours eu à s'installer ainsi, lui-même, contre un pan de bois ou de marbre. Il y avait peu de gens dans ce café, et il lui semblait que c'était là un cadeau. Il appela le garçon qui cingla vers lui illico, comme une goélette, et il lui commanda d'abord un Pernod. En fait, il ne savait pas pourquoi il demandait un Pernod : il avait toujours détesté le goût de l'anis. Puis il se rendit compte que cette odeur lui rappelait des plages, des corps de femmes, des coquillages, des varechs, des bouillabaisses, des crawls réussis, et que cette odeur était devenue une sorte d'odeur de la vie. Il aurait aussi bien pu réclamer au garçon un Calvados, avec des pelouses et des planches, des orages et de longues allées encombrées par le vent. Il aurait pu aussi réclamer un sirop d'orgeat : les cheveux et le sein de sa mère, et l'odeur du bois humide quand il était petit, dans « leur » chambre. Il aurait pu aussi réclamer dans son verre, à ce comptoir, le *N° 5 de Chanel* (Anne), *Femme de Rochas* (Heidi), *Vent Vert* de... comment s'appelait-elle déjà, celle-là ? Et puis l'odeur de ses propres larmes à lui, provoquées par le Guerlain de cette femme qu'il n'avait jamais revue, et qui s'appelait... Inès ? C'était extravagant tout le pouvoir de la rue, des parfums, de la chaleur à Paris. C'était inouï à quel point tous ces gens, à ce bar, étaient à la fois ses amis depuis toujours, et des étrangers. Il n'avait pas fait grand-chose de lui-même qu'il pût regretter. Il avait, comme on dit, nonchalamment traîné ses bottes, en toute bonne foi, d'un but à l'autre, d'un lit à l'autre, d'une passion à l'autre. Et toujours se cognant, se déchirant partout, jamais insensible, jamais blasé, souvent cynique, encore plus souvent éperdu, battant de l'aile telle une vieille mouette autour des mêmes remorqueurs, mais jamais lasse de les suivre.

Il avait été, oui, un bon crétin, prêt à tout, et vraiment, à y penser, il n'avait rien à se reprocher de si grave, et le fait que sa mort fût tangible et inscrite dans le temps ne lui apparaissait pas comme un scandale. Simplement, il devait l'accélérer, la trancher, pour ne pas avoir à se supporter lui-même dans un avenir inévitable : défait, chauve et titubant dans l'attente d'une piqûre. Cela, non, il essaierait d'y couper, et encore, il n'était même pas si sûr qu'il aurait le courage de le faire. Alors, il redevint le Marc superbe, charmant et délicieux, le tendre Marc, et il leva son verre, et il fit un grand geste un peu dérisoire vers le barman.

« Mon ami », dit-il d'une voix tonnante, et les conversations s'arrêtèrent, et les huit ou dix clients, y compris les deux amoureux de service, le regardèrent, interloqués. « Mon ami, j'aimerais offrir une tournée générale. Figurez-vous que j'ai gagné le tiercé à Saint-Cloud, et que je viens de l'apprendre à l'instant. »

Il y eut une légère stupeur, très vite égayée,

et tout le monde, enfin, ces dix personnes — ses derniers témoins — se tourna vers lui et l'applaudit avec entrain. Il but avec eux à des santés diverses — dont la sienne — paya scrupuleusement l'addition et remonta dans sa voiture, à dix mètres devant le porche du médecin.

Comme il était encore en assez bonne santé, il eut la force et la gentillesse de se jeter sur un platane, comme par hasard, avant Mantes-la-Jolie, et, comme on dit, d'y rester.

LA PIQÛRE DE SEPT HEURES

« Accrochez-vous au bastingage ! »

Cecily B., l'actrice, était belle et lourde mais rétive.

« Je suis navrée, s'écria-t-elle de cette voix de basse qui avait fait sa gloire à Londres comme à Broadway, je suis navrée, Dick, mais vraiment je ne vois pas le personnage de Petulia comme cela... »

Assis au premier rang de l'orchestre, tout seul, Dick eut un léger soubresaut des épaules.

« Je dirai même plus, reprit la voix acérée qui venait du plateau inondé de lumière, à mes yeux, cette femme n'est même pas une putain. »

A sa grande surprise (et tout près du fou rire), Dick Leighton, l'un des meilleurs auteurs de théâtre — tout au moins reconnu comme tel à ce moment —, se mit à discuter.

« Mais, essaya-t-il de dire, ma chère, chère Cecily, je n'ai jamais insinué... »

Elle le coupa à la seconde, d'un geste foudroyant de la main — un de ces gestes dont elle avait l'habitude et qui, généralement, assuraient son succès à point nommé.

« Vous l'avez laissé entendre », lança-t-elle.

Dick se retourna en souriant vers son copain Reginald qu'il n'avait pas vu depuis longtemps, depuis Oxford sans doute, et qui semblait plus hébété encore qu'il n'aurait dû l'être.

A trois rangées de là, dans le noir, il lui semblait que le visage de son ami luisait doucement, reflétant déjà une image du public à venir, et que déjà il était gêné, obscurément, par les incartades et les déviations de Miss Cecily B.

« Qu'en penses-tu ? » souffla Dick.

Reginald lui répondit par un énorme rire, presque paillard, et qui voulait dire exactement : « Cette fille ! Vire-la ! Ou dresse-la ! Ou, nom d'un chien, by Jove, fais quelque chose ! »

Pour Dick, c'était drôle, cette expérience. Il avait toujours travaillé avec des gens qu'on appelait des professionnels. Et, brusquement, il se retrouvait avec ce vieux copain, rencontré par hasard, qui ne connaissait rien à rien, qui s'amusait de tout et qui bizarrement, à la fin, ne lui passait rien. Bref, avec une fausse illustration du vrai public — comme s'il y avait un vrai public ! Décidément, ce Reginald, même si longtemps après Oxford, avait conservé son prestige dérisoire, uniquement fait de conventions et de sa grosse voix.

« Alors quoi, dit Cecily, que décidez-vous, mon cher Dick ?

— Je décide que vous m'emmerdez, répondit Dick. Il n'y a jamais eu de putain dans ma pièce... il n'y aura pas non plus d'actrice au petit pied... »

Et, soudain, un nouveau silence envahit ses oreilles. Il vit le metteur en scène et le régisseur se lever, à contre-jour — enfin à contre-lumière; il vit une sorte de panique en ombres chinoises sur le plateau. Et derrière lui, il entendit distinctement son vieux copain de classe, Reginald, le foldingue, applaudir à grands bras. Il faisait un bruit, avec ses mains, étonnant ! Un bruit chaleureux et trop fort, exactement le genre de bruit dont il rêvait depuis dix ans, un bruit sincère et mal-venu, un bruit déplacé.

Et tout à coup il réalisa à quel point il était lui-même déplacé, entre cette andouille de Cecily et cette andouille d'Arnold, le metteur en scène. Il était à cheval entre eux deux, naviguant de l'un à l'autre, titubant presque de fatigue à tenter d'expliquer à l'un ce que voulait dire son texte et à l'autre comment il fallait le dire. Et lui-même s'arrachant les cheveux le soir en sortant du théâtre et soupant avec ses anciens amis, à force d'énervement, et se demandant pendant la nuit pourquoi il vivait et de quelle graine il subsistait, fût-elle, financièrement, la sienne.

Le rire éclaté, éclatant de Reginald, ce crétin,

ce frère, l'avait réveillé d'un sombre rêve doré et trouble, un rêve somptueux et sans vraie foi. Il avait cru, c'est vrai, à ces entrechats de lumière et d'ombre, d'objets et de gestes, de mouvements et d'inventions qui finissaient par représenter ce qu'il voulait dire. Il avait cru au rideau qui se lève et qui se baisse, aux critiques comme aux compliments — il avait même cru avoir des amis et des ennemis. Il avait cru que les autres se partageaient en deux à son endroit, selon un alignement très net : les salauds à droite, les copains à gauche. Il avait cru que la terre et le monde se souciaient de lui. Mais là, tout à coup, piégé entre la férocité innée de la distinguée Cecily et le naturel aimable, voire hilare, du fougueux Reginald, il se sentait pris à partie, secoué par quelque chose d'autre que lui-même et qu'il n'arrivait pas à définir : une entité. Une entité de bon goût ou d'intelligence ou d'absolu ou d'amour, mais qu'il n'arrivait pas à appliquer précisément sur l'un ou l'autre de ces deux visages pourtant proches de lui, l'un si violemment éclairé, l'autre si obscur.

« C'est le théâtre », se dit-il faiblement *in petto*. Car il en était arrivé à ce point de fatigue et de succès réunis, où tout ce qu'on se dit *in petto*, on se le dit faiblement.

Il leva la main et fit un geste souverain, enfin qu'il espérait, qu'il savait souverain, accompagné d'un sifflement aigu, et il vit les lumières se rallumer. Le théâtre redevint un théâtre rouge et or et noir. Cecily arrêta sa harangue et, docilement, Dick conduisit Reginald au pied de la scène et lui fit gravir les marches. Reginald était bronzé et très beau, dans un style un peu vulgaire, et il vit bien que Cecily le remarquait lorsqu'il les présenta l'un à l'autre. Puis, légèrement écœuré de son œuvre, de ses personnages et de ce théâtre pourtant bruissant à l'avance d'idées, de satins, de soupirs et même de larmes, Dick prit d'un pas mal assuré le chemin des coulisses, suivi, lui sembla-t-il, de loin par le metteur en scène. Déjà il entrevoyait une explication plate et ennuyeuse et freudienne et psychologique de sa pièce. Bref, le contraire de ce qu'il était et surtout de ce qu'il aurait voulu voir pour cette dernière répétition. Aussi, à tout hasard, comme il avait son matériel sur lui, il entra dans les toilettes et, se garrottant le bras, il se fit sa piqûre d'héroïne, à l'heure convenue.

Il ressortit, fringant, trois minutes après, et ce fut avec le plus grand plaisir qu'il retrouva ses délicieux interprètes et son meilleur ami d'Oxford, flottant gentiment dans les coulisses. C'était parfait comme ça, c'était idéal après tout. Il ne fallait pas trop en demander à un vieux cheval de carrière comme Cecily B., ni à un jeune chien hagard comme lui-même.

LE CIEL D'ITALIE

Le soir tombait. Le ciel semblait mourir entre les paupières de Miles. Seule survivait une ligne blanche au-dessus de la colline, coincée entre ses cils et le relief noir du versant.

Miles soupira, étendit la main vers la table et saisit la bouteille de cognac. C'était du bon cognac français, doré et chaud à la gorge. Les autres boissons donnaient froid à Miles et il les évitait. Celle-là seule... Mais c'était son quatrième ou cinquième verre et sa femme s'insurgea.

« Miles ! Je vous en prie. Vous êtes déjà ivre ! Et incapable de tenir une raquette. Nous invitons les Simester à faire un set et ils seront obligés de jouer seuls. Vous ne croyez pas que cela suffit ! »

Miles ne lâcha pas la bouteille, mais ferma les yeux, subitement las. Las à en mourir.

« Ma chère Margaret, commença-t-il, si vous admettez... »

Mais il s'arrêta. Elle n'admettait jamais

que, depuis dix ans qu'il jouait au tennis, disait « hello », envoyait de grandes claques dans le dos des gens et lisait le journal à son club, il fût fatigué.

« Voici les Simester, dit Margaret. Tenez-vous bien, je vous en prie. Dans notre milieu... »

Miles se souleva sur son coude et regarda les Simester. Lui était grand, maigre et rouge avec l'air royal et borné. Elle était musclée, musclée d'une manière effroyable, jugea Miles. Margaret, elle aussi, prenait ce genre : vie en plein air, sourire jusqu'aux oreilles, rire d'homme et bonne vieille camaraderie. Il se sentit écœuré et se laissa retomber sur son fauteuil de rotin. Dans ce coin d'Ecosse, il n'y avait d'humain que la ligne douce des collines, la chaleur du cognac et lui-même, Miles. Le reste était — il chercha un terme injurieux — le reste était « organisé ». Satisfait de son vocabulaire, il jeta un coup d'œil vers sa femme. Puis, malgré lui, il se mit à parler :

« Quand j'ai fait la campagne de France et d'Italie... »

Sa voix n'était pas normale. Il devinait le regard de Simester posé sur lui, il devinait sa pensée : « Ce pauvre vieux Miles, il ne va plus, il devrait se remettre au polo et lâcher cette liqueur infecte. » Cela le mit en colère et il repartit d'une voix plus forte :

164

« Dans le Midi de la France et en Italie, les femmes ne jouent pas au tennis. Dans certains quartiers de Marseille, elles restent sur le pas de la porte, vous regardent passer. Quand on leur parle, si on s'est trompé, elles vous disent : « Va-t'en. »

Il prononçait « Va-t'en » d'une manière cocasse.

« Si on ne s'est pas trompé, elles disent : « Viens. »

Mais la manière dont il prononçait « Viens », à voix presque basse, n'était pas cocasse du tout. Simester hésita à le faire taire, puis se retint. Les deux femmes étaient un peu rouges.

« Elles ne font pas de sport, reprit Miles comme pour lui-même; aussi, elles sont douces et un peu molles comme les abricots de septembre. Elles n'ont pas de clubs mais elles ont des hommes ou un homme. Elles passent leur temps au soleil à parler et leur peau a le goût du soleil et leur voix est usée. Elles ne disent jamais : « Hello. »

Il ajouta mélancoliquement :

« Il est vrai que c'est un terme d'ici. Quoi qu'il en soit de ces femmes du Midi que j'ai connues, je les aime mieux que les damnées punaises d'ici avec leurs clubs de golf et leur émancipation. »

Et il se versa un grand verre de cognac. Il y

eut un silence ébahi. Simester cherchait vainement une petite phrase pleine d'humour. Margaret gardait les yeux fixés sur son mari avec
une expression outragée. Il leva les yeux :

« Aucun motif d'indignation, Margaret, je
ne vous connaissais pas en 1944.

— Vous n'avez pas à nous parler de vos filles à soldats, Miles. J'espère que nos amis
voudront bien excuser... »

Mais Miles ne l'écoutait plus. Il s'était levé,
sa bouteille à la main, et se dirigeait vers le
fond du parc. Loin des tennis, des voix et des
visages. Il vacillait un peu sur ses pieds, mais
c'était agréable. Encore plus agréable quand il
s'allongea sur le sol, et que la terre se mit à
tourner sous son corps comme une toupie.
Une gigantesque toupie avec un parfum
d'herbe sèche. La terre avait la même douce
odeur partout. Miles ferma à demi les yeux et
respira. Il respira une odeur très lointaine et
très vieille, une odeur de ville et de mer bai-
gnant la ville, une odeur de port.

Où était-ce ? Etait-ce à Naples ou à Marseille ? Miles avait fait les deux campagnes avec
les Américains. Dans une jeep qu'un Noir menait à une vitesse folle. Une fois, la jeep s'était
soulevée en un bond prodigieux, un bruit de
ferraille avait étourdi Miles et il s'était retrouvé dans un champ, dans les blés, respirant
tout doucement pour se réaccoutumer à la vie

166

sans l'effrayer. Il ne pouvait pas bouger et il sentait une odeur qu'il reconnaissait avec un mélange de dégoût et d'un curieux plaisir : l'odeur du sang. Les blés oscillaient doucement au-dessus de sa tête, au premier plan d'un ciel d'Italie, bleu jusqu'à la pâleur. Il avait bougé la main, l'avait ramenée jusqu'à ses yeux pour se protéger du soleil. Et à sentir ses paupières sous sa main, sa paume sur ses cils, à sentir brusquement par ce double contact qu'il était là, lui, Miles, et qu'il vivait, il s'était évanoui à nouveau.

Il n'était pas transportable. On l'avait amené dans une ferme, une ferme qui d'abord lui avait paru sale. Ses jambes lui faisaient mal, il avait peur de ne plus pouvoir marcher, ni jouer comme avant au tennis, au golf. Il répétait sans cesse au major : « Pensez que j'étais le premier de mon collège au golf ! » Miles avait vingt-deux ans. On l'avait installé dans le grenier et on l'avait abandonné avec un plâtre. Une lucarne donnait sur les champs, sur la plaine paisible, sur le ciel. Miles avait peur.

Les Italiennes qui le soignaient parlaient à peine sa langue. Miles mit une semaine à remarquer que la femme jeune avait les yeux noirs, extrêmement noirs, qu'elle avait la peau dorée et qu'elle était un peu forte. Elle devait avoir trente ans, moins peut-être, et son mari

167

se battait contre les Américains. On l'avait en-
rôlé de force, disait la vieille mère, et elle
pleurait, s'arrachait les cheveux et déchirait
son mouchoir. Miles était très gêné de ces dé-
monstrations; il estimait que cela ne se faisait
pas. Mais, pour lui faire plaisir, il disait à la
vieille que ce n'était pas grave, que son fils ne
serait pas prisonnier longtemps et que personne ne savait plus où on en était. La jeune
femme souriait sans mot dire. Elle avait les
dents très blanches et elle ne l'entretenait pas
gaiement de son collège comme les jeunes filles qu'il connaissait. Elle lui parlait peu et
quelque chose s'installait alors entre elle et
lui, qui le troublait et le gênait. Cela non plus
ne se faisait pas. Ces réticences et ces demi-
sourires, ces regards détournés. Mais, à elle, il
ne disait pas qu'il ne savait plus où il en
était.

Un jour, c'était le dixième jour après son
arrivée, elle était assise près de lui et elle tri-
cotait. De temps en temps elle lui demandait
s'il voulait boire car il faisait très chaud. Mais
il refusait toujours. Il avait très mal aux jambes, il se demandait s'il pourrait jamais re-
jouer au tennis avec Gladys et les autres. Il
accepta avec une certaine impatience de tenir
l'écheveau de la jeune femme entre ses bras
tandis qu'elle enroulait sa pelote, rapidement,
les yeux baissés. Elle avait de très longs cils.

Miles le remarqua rapidement, avant de revenir à ses sombres pensées : que ferait-il, in-
firme, à son club ?

« Gràzie ? » dit-elle d'un ton implorant.

Il avait baissé les bras. Il les releva aussitôt
avec un vague mot d'excuse et elle lui sourit.
Miles lui sourit à son tour puis détourna les
yeux. Gladys dirait... Mais il n'arrivait pas à
penser à Gladys. Il voyait l'écheveau diminuer
doucement entre ses poignets. Il pensait vaguement que, quand elle aurait fini, elle ne serait plus ainsi, à demi penchée sur lui, avec
cette blouse de couleur si criarde. Et, involontairement, il freinait le mouvement, penchait
les poignets dans le mauvais sens. Enfin il
serra l'extrémité du fil dans sa main et s'y
cramponna. Il pensait confusément :

« Une petite blague, une petite blague. »

Quand elle fut au bout de sa laine et
qu'elle fut arrêtée par Miles, elle releva les
yeux. Miles sentit les siens vaciller, il essayait
stupidement de sourire. Elle tira doucement
sur la laine, très doucement pour ne pas la
casser et se trouva ainsi contre Miles, qui
ferma les yeux. Elle l'embrassa lentement tout
en lui enlevant le fil des doigts comme à un
enfant. Et Miles se laissait faire, envahi d'une
béatitude, d'une douceur sans égale. Quand il
rouvrait les yeux, le soleil les lui faisait refer-
mer aussitôt sur la blouse rouge. La jeune

femme lui soutenait la tête de la main comme les Italiens soutiennent, pour boire, la clisse de paille de leurs fiasques de chianti.

Miles était resté seul dans le grenier. Pour la première fois, il se sentait heureux et si près de ce pays trop ensoleillé. Allongé sur le côté, il regardait les blés et les oliviers dans les champs, il sentait sur ses lèvres le contact humide de la bouche de la jeune femme et il lui semblait qu'il vivait dans ce pays depuis des siècles et des siècles.

La jeune femme restait toute la journée avec lui, à présent. La vieille ne montait plus. Les jambes de Miles allaient mieux, il mangeait des petits fromages de chèvre très parfumés et Luigia avait accroché au-dessus de son lit une fiasque de chianti qu'il n'avait qu'à renverser pour recevoir dans la gorge un jet de vin âcre et rouge sombre. Le soleil inondait le grenier. Il embrassait Luigia des après-midi entiers, posait la tête sur le corsage rouge, ne pensait à rien, pas même à Gladys et aux amis du club.

Le major revint un jour en jeep et avec lui la discipline. Il examina ses jambes, les déplâtra et lui fit faire quelques pas. Il dit que Miles pourrait partir le lendemain, qu'il l'enverrait chercher et qu'il ne devait pas oublier de remercier cette famille italienne.

Miles resta seul, un moment, dans le grenier.

Il pensait qu'il aurait dû être beaucoup plus content d'être guéri puisqu'il pourrait à présent jouer au tennis, au golf, suivre le parcours de chasse avec Sir Olivier et danser des valses anglaises avec Gladys ou une autre. Il pourrait arpenter Londres et Glasgow à grands pas. Cependant le soleil sur les champs, la fiasque vide de chianti au-dessus de sa tête, tout cela lui donnait d'absurdes regrets. Enfin il était temps qu'il parte ! D'ailleurs, le mari de Luigia allait rentrer. Et il n'avait rien fait de mal avec cette dernière, seuls quelques baisers... Il pensa soudain que cette nuit, puisqu'il était guéri et délivré de cette prison de plâtre, il pouvait connaître autre chose que la bouche de Luigia et sa douceur.

Elle rentra dans le grenier. Elle se mit à rire en le voyant debout, vacillant sur ses jambes. Puis son rire s'éteignit et elle le regarda avec anxiété comme une enfant. Miles hésita, puis fit un signe affirmatif de la tête :

« Je m'en vais demain, Luigia », dit-il.

Il répéta la phrase deux ou trois fois avec lenteur, pour qu'elle comprenne. Il vit ses yeux se détourner et il se sentit affreusement bête et peu civilisé. Luigia le regarda à nouveau, puis, sans un mot, enleva son corsage de toile rouge. Ses épaules glissèrent dans le soleil, puis dans la douce obscurité du lit de Miles.

Le lendemain, quand il partit, elle se mit à pleurer. Assis dans la jeep, Miles voyait cette jeune femme qui pleurait et, derrière elle, les champs et les arbres qu'il avait si longuement regardés de son lit. Miles disait « bye, bye » et cherchait déjà à se rappeler la vieille odeur du grenier et du chianti abandonné au bout de sa ficelle, au-dessus de son lit. Miles regardait désespérément la jeune femme brune. Il lui criait qu'il ne l'oublierait jamais, mais elle ne comprenait pas.

Et puis il y avait eu Naples et les femmes de Naples dont certaines s'appelaient Luigia. Et le retour dans le Midi de la France. Alors que tous ses camarades, fous d'impatience, étaient rentrés à Londres par le premier bateau, Miles avait traîné un mois au soleil entre la frontière espagnole et la frontière italienne. Il n'osait pas revenir voir Luigia. Si son mari était là, il pourrait comprendre et, s'il n'était pas là, lui, Miles, pourrait-il résister aux champs pleins de soleil, à la vieille ferme, aux baisers de Luigia ? Pouvait-il, lui, élevé à Eton, finir paysan dans une plaine italienne ? Miles marchait sans cesse au bord de la Méditerranée, s'allongeait sur le sable, buvait du cognac.

Tout cela avait cessé dès son retour. Gladys était d'ailleurs mariée avec John. Miles jouait moins bien au tennis qu'avant et il avait beaucoup à faire pour remplacer son père. Margaret était charmante, loyale et cultivée. Enfin, très distinguée...

Miles rouvrit les yeux, saisit la bouteille et en but une grande lampée à même le goulot. Il devenait rouge peu à peu et desséché par l'alcool. Ce matin, il avait vu une petite veine éclater sous son œil gauche. Luigia devait être très grosse à présent, et fanée. Et le grenier abandonné. Et le chianti n'aurait plus jamais le même goût. Il ne lui restait plus qu'à continuer comme avant. Bureau, breakfast, nouvelles politiques dans le journal, qu'en pensez-vous, Sidney ? Bureau, la voiture, hello Margaret, et le dimanche à la campagne avec les Simester ou les Jones, quinze points au parcours, soda ? Avec souvent cette pluie obstinée. Et, Dieu merci, le cognac.

La bouteille était vide. Miles la jeta et se releva péniblement. Il était gêné pour revenir devant les autres. Pourquoi cette sortie ? Cela ne se faisait pas ! C'était contraire à la dignité. Il se rappela soudain les Italiens s'insultant d'un bord à l'autre de la route, se menaçant de mort avec les plus affreux jurons et n'ayant même pas le courage de se lever. Il se mit à rire tout haut, et s'arrêta. Pourquoi riait-il tout seul sur sa pelouse, devant son cottage ?

Il allait revenir s'asseoir sur son fauteuil de rotin; il dirait : « Désolé » d'un air froid et Simester dirait : « De rien, mon vieux » avec pudeur. Et l'on n'en parlerait plus. Il ne pourrait jamais parler à personne du ciel d'Italie, des baisers de Luigia, de la douceur d'être faible et étendu dans une maison étrangère. La guerre était finie depuis dix ans déjà. Et vraiment, il n'était plus beau, ni jeune.

Il revint à pas lents vers les autres. Avec tact, ils firent semblant de ne pas avoir remarqué son absence et le remirent tout doucement dans la conversation. Miles parla voitures avec Simester et déclara que la « Jaguar » était imbattable sur le plan vitesse et que c'était réellement une bonne voiture de sportsman. Enfin que les Australiens avaient toutes les chances pour la Coupe Davis. Mais secrètement il songeait à la bouteille de cognac, dorée et chaude, qui sommeillait dans son armoire. Et il souriait au proche défilé de ses souvenirs, ensoleillés et tendres, quand les Simester seraient partis avec Margaret au dernier *show* de la ville. Quand il aurait fait semblant d'avoir du travail, qu'ils auraient disparu sur la route et qu'il ouvrirait la porte de son armoire pour y retrouver l'Italie.

LE SOLEIL SE COUCHE AUSSI

La foule hurlait, puis se tut, et dans le silence religieux Juan Alvarez dessina sa huitième veronica. Le taureau chancela un instant, ébloui par le soleil, les cris ou le silence. Et Lady Brighton, de son regard bleu, assise au premier rang des officiels, le dévisagea un instant. « Il est brave, se dit-elle, brave, mais épuisé. Juan n'en fera qu'une bouchée. » Puis elle tourna la tête vers son voisin, le consul des Etats-Unis à Barcelone, et reprit sa conversation sur Andy Warhol.

C'était la mise à mort, à présent, et Juan s'avançait en sautillant dans le soleil, ardent et sûr, courant à l'encontre de ce taureau, droit sur ses pointes de pieds, comme il allait, pensa-t-elle avec dérision, vers son propre lit à elle, prêt à l'estoquer, viril, mâle et agile. « El Macho. » Brusquement, elle imagina son grand lit à baldaquin, dans ce palace de Madrid où elle avait l'habitude d'échouer, telle une héroïne d'Hemingway, elle se souvint de

Juan sautillant à petits pas, en habit doré, jusqu'à ces grands draps où elle l'attendait renversée, offerte et pratiquement aussi inoffensive que ce taureau noir là-bas. Elle eut envie de rire. Les hommes se faisaient vraiment une drôle d'idée de la virilité. Il ne fallait pas plus de temps à Juan pour épingler ce taureau dans la mort que pour l'épingler, elle, dans l'amour; et que la foule des arènes l'applaudisse, lui, c'était bien, mais qu'elle-même applaudisse aussi, c'était une autre chose — peu communicable —, même à son voisin, le consul, qui semblait pourtant très au courant des relations hommes-femmes. « Bravo ! » cria le consul d'une voix neutre, pendant que les « Ollé » montaient dans le ciel bleu cru, que les chapeaux s'agitaient comme une mer de paille, et que le taureau tombait, tel un poids de fonte, aux pieds de Juan. Ce dernier fit un demi-tour fort élégant, se retourna vers elle, ôta son chapeau et tout le monde se leva, en signe d'estime, pour ce jeune homme qui offrait sa vie ou qui plutôt l'avait offerte apparemment pour la belle jeune femme qu'elle était. Elle se leva légèrement de son siège à son tour, sourit, et à l'arène délirante et à cet amant triomphant de la bête morte, et elle s'inclina en souriant, comme on le lui avait appris dans son enfance, en Virginie.

Une fois l'arène déblayée, les trompettes sonnèrent à nouveau, et un autre boulet noir et livide se mit à tambouriner contre la porte du corral, pour la plus grande joie de la foule. On ouvrit la porte et le taureau jaillit dans un concert d'approbation, de peur et de plaisir mélangés. Il semblait dangereux et le jeune homme qui vint à sa rencontre semblait penser la même chose. Il marchait un peu de biais vers lui, la cape bien attachée à son bras, mais lent. Après un instant la foule se mit à murmurer sourdement, comme si elle eût réprouvé la timide audace ou le faux courage de ce garçon presque blond, nouveau torero à Barcelone, et qui s'appelait Rodriguez Serra.

· « Il s'appelle Rodriguez Serra », indiqua le consul à Lady Brighton qui opina de la tête (comme à une nouvelle à demi intéressante). Et pourtant elle suivait des yeux la nuque blonde, l'épaule rétrécie par la peur, les hanches comme glacées de ce garçon qui affrontait pour la première fois et la faveur de la foule et les fureurs et les langueurs d'un taureau devant cette même foule. Rodriguez Serra tapa du pied d'un peu loin, le taureau ne le remarqua pas, un léger rire s'éleva d'un coin quelconque de l'arène. Il fit trois pas, quatre, cinq vers le taureau et recommença, mais soit manque de chance, soit faute d'acoustique, ou de vent ou de sang, le taureau ne broncha pas et continua à lui tourner le dos. La foule, alors, se mit à rire, distraitement. Deux peones s'élancèrent. Mais ce taureau semblait brusquement de pierre, les yeux braqués sur la sortie dont il venait, et il semblait qu'un puissant instinct de survie l'y rejetât. « Toro ! » cria la voix du jeune et blond garçon, et le taureau tourna la tête vers lui, le dévisagea, puis revint lentement, paisiblement vers la porte de bois dont il venait de sortir.

C'était évident : paisiblement, il rêvait à des collines, des génisses, de l'herbe grasse, des chênes, des marrons, à des ciels quoi. Visiblement, il rêvait à tout sauf à ce jeune homme blond, qui était censé provoquer sa mort à lui ou la sienne propre — dans les dix minutes qui suivaient. Le jeune homme fit quelques pas vers lui, comme décontenancé, désœuvré, et la foule s'étonna de ce désœuvrement, et tout à coup s'en vexa et se mit à siffler. Comme si ce jeune homme eût dû avoir un carquois et en bombarder le paisible fauve qui l'attendait, ou comme si ce jeune homme eût dû monter à califourchon sur ce gros taureau noir, ou enfin comme si cette même foule se fût sentie frustrée de la sauvagerie, du sang et de la folie sans péril pour lesquels elle avait payé si cher. Lady Brighton avait, d'un geste machinal, emprunté les jumelles de son voisin. Elle dévisageait à présent avec un intérêt surprenant, dans sa fixité, le profil de ce torero blond et apparemment bon à rien (pensa le consul). Le taureau se retourna une troisième fois, fixa son adversaire probable et (comme par politesse) piqua vers lui un petit galop aimable, presque folichon qui fit que le garçon blond n'eut qu'à s'écarter d'un pas, comme à la parade, pour éviter les huit cents kilos qui arrivaient vers lui. Il secoua sa muleta à dix mètres; le taureau ne bougea pas. Puis à cinq mètres; et le taureau ne bougea toujours pas. Et la foule se taisait brusquement, comme stupéfaite. Non par l'audace du garçon qui n'en était pas une, mais par la nonchalance du taureau — qui n'était en vérité pas la première en ces lieux —, stupéfaite par l'accord qui régnait entre les deux, l'homme et la bête, leur nonchalance, leur indifférence, et leur peu d'envie de se tuer l'un l'autre. Les picadors intervinrent alors, et les banderilleros et la cohorte. Mais personne ne parvint à rompre le pacte muet et cependant flagrant du jeune homme blond et de la bête noire. Il y eut quelques passes entre eux (sans entrain) violemment sifflées. Il y eut quelques silences — encore plus sifflés — et puis il y eut le moment où, sous une foule d'objets, de coussins, de tomates, de fleurs et de bouteilles, le jeune homme réclama la grâce de l'ani-

mal; et ainsi renonça à jamais à sa vie de torero, les deux pouces baissés vers le sol, son
chapeau devant lui, et regardant fixement les
deux yeux bleus de Lady Brighton.

« Je n'ai jamais vu ça, dit le président des
courses au consul. Jamais de ma vie, je n'ai
vu une chose pareille ! Ce garçon n'est pas un
homme !... »

Et il se leva, accordant la grâce en même
temps que la défaveur, finalement enchanté
de châtier en présence d'étrangers le manque
de virilité d'un de ses compatriotes. C'est
alors que Lady Brighton se pencha vers lui et,
par-dessus l'épaule du consul, lui dit en souriant, toujours impeccable :

« Moi non plus, je n'ai jamais vu ça dans
un lit, un homme comme ce Rodriguez. Je lui
avais interdit — vous savez — de faire le malin avec ces bêtes... » et elle désigna du menton la bête noire qui repartait, elle, enchan-
tée, vers ses pâturages, et le jeune homme
blond qui repartait, lui, enchanté, vers son lit
à elle.

L'ÉTANG DE SOLITUDE

PRUDENCE — c'était son prénom, hélas ! et il lui allait au demeurant fort mal — Prudence Delveau avait arrêté sa voiture dans une allée forestière, près de Trappes, et elle marchait nonchalamment, au hasard, dans le vent humide et glacé de novembre. Il était cinq heures et la nuit tombait. C'était une heure triste, dans un mois triste, dans un paysage triste, mais elle sifflotait quand même et de temps en temps se baissait pour ramasser un marron, ou une feuille rousse, dont la couleur lui plaisait; et elle se demandait avec une sorte d'ironie ce qu'elle faisait là : et pourquoi, en rentrant d'un week-end charmant, chez des amis charmants, avec son amant charmant, elle s'était senti le besoin subit et presque irrésistible d'arrêter sa Fiat et de partir à pied, dans cet automne déchirant et roux, et de succomber tout à coup à l'envie d'être seule et de marcher.

Elle portait un manteau en loden fort élégant, de la couleur des feuilles; elle avait un foulard de soie, elle avait trente ans, et des bottes bien équilibrées qui lui permettaient de trouver un vrai plaisir à sa propre démarche. Un corbeau traversa le ciel dans un cri rauque et, aussitôt, une bande d'amis corbeaux le rejoignit et sembla déborder l'horizon. Et bizarrement, ce cri, pourtant bien connu, et ce vol lui firent battre le cœur comme sous l'impulsion d'une terreur injustifiée. Prudence n'avait peur ni des rôdeurs, ni du froid, ni du vent, ni de la vie elle-même. Ses amis s'esclaffaient, même, en prononçant son prénom. Ils disaient que ce prénom était, par rapport à son existence, un pur paradoxe. Seulement, elle détestait ce qu'elle ne comprenait pas et c'était sans doute la seule chose qui lui fasse peur : ne pas comprendre ce qui lui arrivait. Et là, elle dut, soudain, s'arrêter pour reprendre son souffle.

Ce paysage ressemblait à un Breughel; et elle aimait Breughel; elle aimait la voiture chaude qui l'attendait et la musique qu'elle allait déclencher dans cette voiture; elle aimait l'idée de retrouver, vers huit heures, un homme qui l'aimait et qu'elle aimait, et qui se prénommait Jean-François. Elle aimait aussi l'idée qu'après leur nuit d'amour elle se lèverait en bâillant, boirait très vite un café que lui, ou elle, aurait confectionné pour « l'autre »; et l'idée aussi de se retrouver demain dans son bureau, parlant de publicité avec Marc, Marc qui était un excellent ami et avec lequel elle travaillait depuis plus de cinq ans. Ils se diraient, en riant, que le meilleur moyen de vendre telle lessive était de démontrer que, finalement, cette lessive lavait plus gris; et que les gens avaient plus besoin de gris que de blanc, de terne que d'étincelant, de fatigué que d'inusable.

Elle aimait tout ça, en fait, elle aimait bien sa vie : beaucoup d'amis, beaucoup d'amants, un métier drôle, un enfant même, et du goût pour la musique, les livres, les fleurs et les feux de bois. Mais ce corbeau était passé, suivi de sa folle équipe, et quelque chose lui déchirait le cœur, quelque chose qu'elle n'arrivait pas à cerner, ni à expliquer à qui que ce soit, ni (et là, c'était grave) à s'expliquer à elle-même.

Le chemin bifurquait vers la droite. Il y avait un panneau annonçant, promettant : « Etangs de Hollande. » L'idée de ces étangs, dans le soleil couchant, avec des roseaux, des ajoncs, des canards peut-être, la séduisit immédiatement et elle accéléra le pas. Effectivement, l'étang fut là, très vite. Il était bleu et gris, et, s'il n'était pas couvert de canards (il n'y en avait pas l'ombre d'un, même), il était néanmoins jonché de feuilles mortes qui s'enfonçaient lentement, les unes après les autres, dans une dernière spirale; et qui, toutes, semblaient demander aide et protection. Toutes ces feuilles mortes avaient des airs d'Ophélie. Elle avisa un tronc d'arbre, sans doute abandonné par un bûcheron peu consciencieux, et s'y assit. De plus en plus, elle se demandait ce qu'elle faisait là. Elle finirait peut-être par être en retard, Jean-François serait inquiet, Jean-François serait furieux et Jean-François aurait raison. Quand on est heureux, qu'on fait ce qu'il vous plaît — et qu'on plaît aux autres — on ne doit pas traîner sur un tronc d'arbre, seule, dans le froid, au bord d'un étang dont on n'avait jamais entendu parler auparavant. Elle n'avait vraiment rien de « neurotic », comme ils disaient, les autres, en parlant de gens malheureux (en tout cas de ces gens qui ont du mal à vivre).

Comme pour se rassurer, elle prit une cigarette dans la poche de son manteau, découvrit avec soulagement un « Cricket » dans l'autre poche et alluma sa cigarette. La fumée était chaude et âcre, et le goût de la cigarette lui sembla inconnu. Et il y avait pourtant dix ans qu'elle fumait la même marque.

« Vraiment, se dit-elle, peut-être avais-je simplement besoin d'être un peu seule ? Peut-être n'ai-je jamais été seule depuis trop longtemps ? Peut-être cet étang a-t-il un charme maléfique ? Peut-être n'est-ce pas le hasard mais la fatalité qui m'a menée à ses bords ? Peut-être est-ce une longue suite d'enchantements et de maléfices qui entoure les étangs de Hollande... Puisque tel est leur nom... »

Elle mit la main sur ce tronc d'arbre, contre sa hanche, et éprouva le contact du bois rugueux, usé, patiné, sans doute par la pluie et par la solitude (car enfin, qu'y a-t-il de plus seul et de plus triste qu'un arbre mort, coupé, abandonné; et ne servant à rien : ni à faire du feu, ni à faire des planches, ni à faire un banc d'amoureux ?). Le contact de ce bois donc lui inspira une sorte de tendresse, d'affection, et à sa grande stupeur, elle sentit des larmes monter à ses yeux. Elle considéra le bois, les veines du bois, encore qu'elles fussent très difficiles à voir : grises, presque blanches dans ce bois déjà gris et déjà blanc (semblables, se dit-elle, aux veines des vieillards : on n'y voit pas le sang couler, on sait qu'il y coule mais on ne l'entend pas, et on ne le voit pas). Et pour cet arbre, c'était presque pareil : la sève n'était plus là; la sève, l'impulsion, la fièvre, l'envie de *faire*, de faire des bêtises, de faire l'amour, de faire des travaux, d'agir, quoi...

Toutes ces idées lui passaient par la tête à

une vitesse extravagante; et, à la fois, résignée, elle ne savait plus très bien qui elle
était. Elle avait brusquement une idée d'elle-
même, elle qui ne se voyait jamais, qui ne
cherchait même jamais à se voir, elle que la
vie comblait. Elle se voyait brusquement
comme une femme, dans un manteau de loden, fumant une cigarette sur un tronc d'arbre mort, au bord d'un étang d'eau croupie.
Il y avait quelqu'un en elle qui voulait absolument fuir cet endroit, retrouver la voiture,
la musique dans la voiture, la route, et les
mille moyens d'éviter la mort, les mille ruses
que doivent utiliser les automobilistes adroits
pour éviter l'accident, quelqu'un qui voulait
retrouver les bras de Jean-François, les cafés
de Paris, « le gin, les tziganes, les siphons et
l'électricité » chers à Guillaume Apollinaire.
Mais il y avait quelqu'un d'autre en elle,
qu'elle ne connaissait pas, — enfin dont elle
n'avait jamais fait la connaissance jusque-là
— et qui voulait regarder la nuit tomber,
l'étang s'installer dans le noir et le bois devenir froid sous sa main. Et peut-être, et pourquoi pas... ce quelqu'un voudrait-il, plus tard,
marcher vers cette eau, avoir froid d'abord, et
puis s'y enfouir, s'y perdre et aller retrouver
tout au fond, sur un sable doré et bleu, les
feuilles mortes qui y avaient été happées tout
au long du jour. Et là, allongé sur ces feuil-

186

les, entouré de poissons fous et tendres, ce quelqu'un serait enfin parfaitement à l'aise, retourné au berceau, retourné à la vraie vie, c'est-à-dire à la mort.

« Je deviens dingue », pensa-t-elle, et une voix lui susurrait : « Je t'assure que c'est la vérité, ta vérité », et c'était, semblait-il, la voix de l'enfance. Et une autre voix, acquise, celle-là, à travers trente années de bonheurs divers, cette autre voix lui disait : « Ma petite fille, il faut rentrer et prendre des vitamines B et C. Il y a, en toi, quelque chose qui cloche. »

Bien entendu, ce fut la deuxième voix qui l'emporta. Prudence Delveau se releva, abandonna le tronc d'arbre, l'étang, les feuilles et la vie. Elle revint vers Paris, ses divans, ses bars, ce qu'on appelle l'existence. Elle revint vers son amour qui s'appelait Jean-François.

Et elle mit la musique dans la voiture et elle conduisit très attentivement et elle sourit même de cette demi-heure d'égarement. Mais il lui fallut deux mois pour oublier les étangs de Hollande. Pas moins. En tout cas, elle n'en parla jamais à Jean-François.

TABLE

DES YEUX DE SOIE.   7

LE GIGOLO.   28

L'HOMME ÉTENDU.   40

L'INCONNUE.   49

LES CINQ DISTRACTIONS.   61

L'ARBRE GENTLEMAN.   67

UNE SOIRÉE.   75

LA DIVA.   80

UNE MORT SNOB.   87

LA PARTIE DE PÊCHE.   96

LA MORT EN ESPADRILLES.   102

LA PAUPIÈRE DE GAUCHE.   113

UNE NUIT DE CHIEN.   131

LA RUPTURE ROMAINE   139

LE CAFÉ DU COIN.   151

LA PIQÛRE DE SEPT HEURES.   158

LE CIEL D'ITALIE.   163

LE SOLEIL SE COUCHE AUSSI.   175

L'ÉTANG DE SOLITUDE.   181

ŒUVRES DE FRANÇOISE SAGAN

Chez Flammarion :

UN PEU DE SOLEIL DANS L'EAU FROIDE.
DES BLEUS A L'AME.
UN PROFIL PERDU.
UN PIANO DANS L'HERBE, théâtre.

Chez René Julliard :

BONJOUR TRISTESSE, roman *(Prix des Critiques, 1954).*
UN CERTAIN SOURIRE, roman.
DANS UN MOIS, DANS UN AN, roman.
CHATEAU EN SUÈDE, théâtre.
LES MERVEILLEUX NUAGES, roman.
LA CHAMADE, roman.
LES VIOLONS PARFOIS, théâtre.
AIMEZ-VOUS BRAHMS.., roman.
LA ROBE MAUVE DE VALENTINE, théâtre.
LE GARDE DU CŒUR, roman
BONHEUR, IMPAIR ET PASSE.
LANDRU.
LE CHEVAL ÉVANOUI *suivi de* L'ÉCHARDE, théâtre.

« Composition réalisée en ordinateur par IOTA »

IMPRIMÉ EN FRANCE PAR BRODARD ET TAUPIN
7, bd Romain-Rolland - Montrouge - Usine de La Flèche.
LE LIVRE DE POCHE - 12, rue François 1er - Paris.

ISBN : 2 - 253 - 01560 - 1   30/4888/1